A GALINHA DEGOLADA
E OUTROS CONTOS

seguido de

HEROÍSMOS
(BIOGRAFIAS EXEMPLARES)

Horacio Quiroga

A GALINHA DEGOLADA
E OUTROS CONTOS
seguido de
HEROÍSMOS
(BIOGRAFIAS EXEMPLARES)

Tradução de Sergio Faraco

www.lpm.com.br

L&PM POCKET

Coleção **L&PM** POCKET, vol. 286

Primeira edição na Coleção **L&PM** Pocket: outubro de 2002
Esta reimpressão: agosto de 2008

Tradução e notas: Sergio Faraco
Capa: Ivan Pinheiro Machado obra de Käthe Kollwitz, *Fome* (1923)
Revisão: Sergio Faraco e Jó Saldanha

ISBN 978-85-254-1220-1

Q8g   Quiroga, Horacio, 1878-1937.
        A galinha degolada e outros contos seguido de Heroísmos:
    biografias exemplares/Horacio Quiroga; tradução de Sergio
    Faraco. – Porto Alegre: L&PM, 2008.
        136 p. ; 18 cm. – (Coleção L&PM Pocket)

        1.Ficção uruguaia-contos.2.Ficção uruguaia-biografias.
    I.Titulo. II.T.Heroísmos: biografias exemplares. III.Série.

                      CDD U863-34
                           U869.99
                      CDU 860(895)-34
                            860(895)-94

    Catalogação elaborada por Izabel A. Merlo, CRB 10/329.

© da tradução, L&PM Editores, 2002

Todos os direitos desta edição reservados a L&PM Editores
Rua Comendador Coruja 314, loja 9 – Floresta – 90220-180
Porto Alegre – RS – Brasil / Fone: 51.3225.5777 – Fax: 51.3221-5380

PEDIDOS & DEPTO. COMERCIAL: vendas@lpm.com.br
FALE CONOSCO: info@lpm.com.br
www.lpm.com.br

Impresso no Brasil
Inverno de 2008

Índice

A galinha degolada e outros contos 7
   O travesseiro de penas 9
   A galinha degolada 15
   O solitário 26
   O espectro 34
   O mel silvestre 48
   A câmara escura 55
   Posfácio – Pablo Rocca 65

Heroísmos (Biografias exemplares) 69
   Apresentação – Pablo Rocca 71
   Os heroísmos 73
   Robert Scott 75
   Louis Pasteur 78
   Robert Fulton 81
   Horace Wells 84
   René Caillé 87
   Richard Lander 91
   Bernard Palissy 94
   Lope de Aguirre 97
   Juan Vadillo 100
   Thomas De Quincey 104
   Laplace e Biot 107
   Edmund Cartwright 109
   Richard Wagner 112

Edgar Allan Poe 114
Condorcet 117
Rubén Darío 120
Semmelweiss 122

Vida e obra de Horacio Quiroga................... 127

Horacio Quiroga no Brasil 134

A GALINHA DEGOLADA
E OUTROS CONTOS

Tradução de Sergio Faraco

O TRAVESSEIRO DE PENAS

Sua lua-de-mel foi um longo calafrio. Loura, angelical e tímida, o temperamento sisudo do marido lhe gelou as sonhadas fantasias de noiva. E no entanto ela o amava muito, às vezes com um ligeiro estremecimento quando, à noite, voltando juntos para casa, dava uma furtiva olhadela à alta estatura de Jordán, que na última hora não pronunciara uma só palavra. Ele também a amava muito, profundamente, mas sobre isso não dizia nada.

Durante três meses – casaram-se em abril – viveram uma felicidade peculiar. Certamente ela teria desejado menos sobriedade nesse rígido céu de amor, uma ternura mais expansiva e menos controlada. Mas o impassível semblante do marido sempre a refreava.

A casa onde moravam também contribuía para seus calafrios. A brancura do pátio silencioso – frisos, colunas, estátuas de mármore – produzia a outonal impressão de um palácio encantado. Dentro, o brilho glacial do estuque, sem uma única e superficial fissura nas altas paredes, corroborava a desconfortável sensação de frio. Na passagem de uma peça para outra, os passos ecoavam em toda a casa, como se um longo abandono lhe tivesse aguçado a ressonância.

Nesse singular ninho de amor, Alicia passou todo o outono. Lançara um véu sobre os antigos sonhos e vivia como adormecida na casa hostil, sem querer pensar em nada até a hora em que chegasse o marido.

Não surpreendia que emagrecesse. Teve um ligeiro ataque de influenza que acabou se arrastando, insidiosamente, por dias e dias. Não melhorava nunca. Num fim de tarde pôde ir ao jardim, apoiada no braço do marido. Olhava para um lado e outro, indiferente. Jordán, com ternura, passou-lhe a mão na cabeça, e Alicia pôs-se a chorar, pendurada em seu pescoço. Chorou longamente todo o seu espanto calado, redobrando o pranto à mínima carícia. Depois os soluços foram diminuindo e ela continuou abraçada nele, sem mover-se e sem nada dizer.

Foi esse o último dia em que Alicia se levantou. No dia seguinte amanheceu prostrada. O médico de Jordán veio vê-la e recomendou repouso absoluto.

– Não sei o que ela tem – disse a Jordán em voz baixa, já na porta da rua. – É uma fraqueza que não entendo. Sem vômitos, sem nada... Se amanhã despertar como hoje, manda me chamar.

No outro dia Alicia estava pior. Veio o médico e constatou uma anemia em progresso acelerado, completamente inexplicável.

Alicia não teve mais desmaios, mas era visível que caminhava para o fim. Durante o dia todo o quarto permanecia com a luz acesa e em silêncio. Corriam as horas sem que se ouvisse o menor ruído. Ela dormitava.

Jordán passava o dia na sala, também com todas as luzes acesas. Andava sem cessar de um lado para outro, com incansável obstinação, o carpete abafando-lhe os passos. De vez em quando entrava no quarto e continuava em seu mudo vaivém ao longo da cama, detendo-se um instante em cada extremo a olhar para a mulher.

Em seguida Alicia começou a ter alucinações. A princípio eram confusas, variadas, depois se fixaram no chão do quarto. Com os olhos desmesuradamente abertos, não fazia outra coisa senão fitar o tapete dos dois lados da cabeceira da cama. Uma noite, com o olhar fixo, abriu a boca para gritar, com as narinas e os lábios perlando suor.

– Jordán! Jordán! – clamou, por fim, rígida de espanto e sem deixar de vigiar o tapete.

Jordán acudiu e Alicia, ao vê-lo, deu um grito.

– Sou eu, Alicia, sou eu!

Ela olhou como perdida, logo para o tapete, tornou a olhar para o marido e, depois de um longo momento de atônita confrontação, acalmou-se. Sorriu e, tomando entre as suas a mão de Jordán, acariciou-a por uma longa meia hora, sempre tremendo.

Entre suas alucinações mais pertinazes, houve uma que era a de um antropóide no tapete, erguendo-se na ponta dos dedos e com o olhar cravado nela.

Os médicos voltaram a examiná-la, sempre em vão. Era uma vida que se acabava, dia a dia se dessangrando, hora a hora, sem que soubessem como e por que aquilo acontecia. Na última consulta, Alicia jazia em estupor enquanto lhe verificavam o pulso, um passando ao outro aquele braço inerte. Demoradamente a observaram em silêncio e depois passaram à sala.

– É um caso gravíssimo – e o médico de Jordán balançou a cabeça, desalentado. – Pouco ou nada se pode fazer.

– Era só o que faltava – desabafou Jordán, dedos tamborilando na mesa com violência.

Alicia se esvaía em subdelírios de anemia. Nas primeiras horas da tarde seu mal se atenuava, agravando-se com a chegada da noite. A doença parecia não avançar durante o dia, mas no dia seguinte ela amanhecia lívida, quase em síncope. Parecia mesmo que tão-só durante a noite sua vida escorria em novas vagas de sangue. Ao despertar, tinha a sensação de estar esmagada na cama por um milhão de quilos. Desde o terceiro dia essa prostração não mais a abandonara. Mal podia mover a cabeça e não quis que trocassem os lençóis e a fronha. Seus terrores crepusculares avançavam agora sob a forma de monstros que se arrastavam até a cama e subiam laboriosamente pela colcha.

Perdeu logo a consciência. Nos dois dias finais delirou sem cessar à meia voz. As luzes continuavam funebremente acesas no quarto e na sala. No silêncio agônico da casa, ouviam-se apenas o delírio monótono que vinha da cama e os surdos passos de Jordán.

Alicia morreu, por fim. A criada, entrando mais tarde no quarto para arrumar a cama vazia, olhou intrigada para o travesseiro.

– Senhor – chamou, em voz baixa. – No travesseiro há manchas que parecem de sangue.

Jordán aproximou-se rapidamente. De fato, na fronha, em ambos os lados da concavidade deixada pela cabeça de Alicia, viam-se manchas escuras.

– Parecem picadas – murmurou a criada, depois de um instante de atenta observação.

– Traz a lâmpada pra cá.

A criada levantou o travesseiro e logo o deixou cair, pálida, trêmula. Sem saber por quê, Jordán sentiu que seus cabelos se eriçavam.

– O que houve? – perguntou, rouco.

– Pesa muito – gaguejou a criada, sem deixar de tremer.

Jordán o ergueu. Pesava demais. Levaram-no para a mesa da sala e ali Jordán cortou a fronha e o envoltório interno. As penas à superfície voaram, e a criada, com a boca escancarada, deu um grito de pavor, levando as mãos crispadas aos bandós. No fundo, entre as penas, movendo lentamente as patas peludas, havia um animal monstruoso, uma bola vivente e viscosa. Estava tão inchado que quase não se distinguia sua boca.

Noite a noite, desde que Alicia ficara acamada, aplicara aquela boca – aquela tromba, melhor dito – às têmporas dela, para sugar-lhe o sangue. A picada era quase imperceptível. A mudança diária da fronha havia impedido, a princípio, seu desenvolvimento, mas desde que a moça não pudera mais mover-se, a sucção fora vertiginosa. Em cinco dias e cinco noites ele esvaziara Alicia.

Esses parasitas das aves, diminutos no meio habitual, chegam a adquirir proporções enormes em certas condições. O sangue humano parece lhes ser especialmente favorável e não é raro que sejam encontrados em travesseiros de penas.

A GALINHA DEGOLADA

Passavam sentados o dia todo num banco do pátio os quatro filhos idiotas do casal Mazzini-Ferraz. Tinham a língua entre os lábios, os olhos estúpidos e torciam a cabeça com a boca aberta.

O pátio era de terra, fechado a oeste por um muro de tijolos. O banco, distante cinco metros, era paralelo ao muro, e eles ficavam ali, imóveis, o olhar parado nos tijolos. O sol se ocultava trás do muro e seu declínio, para os idiotas, era um interregno festivo. A luz cegante lhes chamava a atenção e pouco a pouco seus olhos se animavam. Riam, por fim, riam estrepitosamente, afogueados na mesma hilaridade ansiosa, olhando para o sol com uma alegria bestial, como se fosse comida.

Às vezes, enfileirados no banco, zumbiam horas inteiras, imitando o bonde elétrico. Ruídos fortes também lhes sacudiam da inércia e então punham-se a correr, dando voltas no pátio e mordendo a língua e mugindo. Mas quase sempre estavam apagados no sombrio letargo da idiotia, o dia inteiro naquele banco, as pernas pendentes, quietas, e empapando as calças de viscosa baba.

O maior tinha doze anos, o menor, oito. O aspecto desleixado e a sujeira deles acusavam a falta absoluta de um mínimo de zelo materno.

Esses quatro idiotas tinham sido um dia o encanto de seus pais. Aos três meses de casados, Mazzini e Berta dedicaram seu íntimo amor de marido e mulher, e mulher e marido, a um futuro muito mais vital: um filho. Para dois enamorados, que felicidade seria maior do que essa honrada consagração do mútuo carinho, já libertado do egoísmo vil de um amor sem fim algum e – o que seria pior para o próprio amor – sem esperança possível de renovação?

Assim o sentiram Mazzini e Berta. E quando o filho chegou, no décimo quarto mês do casamento, acharam que sua felicidade estava completa. A criança cresceu, bela e radiante, até um ano e meio, mas numa noite do vigésimo mês foi sacudida por terríveis convulsões e na manhã seguinte já não conhecia seus pais. O médico a examinou com aquele sistema que, visivelmente, procura a causa do mal nas doenças familiares.

Depois de alguns dias os membros paralisados recobraram o movimento, mas a inteligência, a alma, também o instinto, não mais existiam. Tinha ficado completamente idiota, baboso, molengão, morto para sempre nos joelhos da mãe.

– Filho, meu filho querido – soluçava ela sobre aquela espantosa ruína de seu primogênito.

O pai, desolado, acompanhou o médico que se retirava.

– Pra você posso dizer: é um caso perdido. Talvez melhore um pouco, talvez possa ser educado naquilo que permita sua idiotia, mas nada além disso.

– Sim... sim... – assentia Mazzini. – Mas me diga: então isso pode ser herdado, algo que...

– Sobre a herança paterna, já lhe disse o que pensei quando vi seu filho. Quanto à mãe, bem, ela tem um sopro no pulmão. Outros indícios eu não vejo, mas esse sopro é um tanto forte. Convém mandar examiná-la.

Com a alma destroçada pelo remorso, Mazzini redobrou seu amor ao filho, o pequeno idiota que pagava pelos excessos do avô. Ao mesmo tempo precisava dar assistência permanente a Berta, ferida em seu íntimo profundo por aquele fracasso de sua jovem maternidade.

Como é natural, o casal empregou todo o seu amor na esperança de outro filho. Veio este e a saúde e a limpidez do riso dele reacenderam o futuro extinto. Mas aos dezoito meses se repetiram nele as convulsões do primogênito e no dia seguinte amanheceu idiota.

Os pais mergulharam no mais amargo desespero. Seu sangue e seu amor eram malditos! Sobretudo seu amor! Vinte e oito anos ele, vinte e dois ela, e toda aquela terna paixão não conseguia criar um átomo de vida normal. Já não pediam beleza e inteligência, como no primogênito, só um filho, um filho como todos os filhos!

Do novo desastre brotaram novas labaredas de dolorido amor, um louco desejo de redimir de uma vez por todas a pureza da ternura que os unia. Vieram gêmeos e ponto por ponto se repetiu o que ocorrera aos dois maiores.

Apesar da imensa amargura, sobrava a Mazzini e Berta uma grande compaixão por seus quatro filhos. Tiveram de resgatar da mais funda animalidade deles, não as almas, mas o próprio instinto perdido. Não sabiam engolir, mover-se, nem mesmo sentar-se. Aprenderam, por fim, a caminhar, mas não percebiam os obstáculos e esbarravam em tudo. Quando eram lavados, mugiam até ficar com o rosto injetado de sangue. Só se animavam ao comer ou quando viam cores brilhantes ou ainda quando ouviam trovões. Riam então, possuídos de um frenesi bestial, pondo a língua para fora e com ela um rio de baba. Tinham certa faculdade imitativa e nada mais tinham.

Parecia que, com os gêmeos, findara aquela pavorosa descendência. Mas, passados três anos, começaram a desejar novamente, com ardor, um outro filho, confiando em que o longo tempo decorrido tivesse aplacado a fatalidade.

Meras esperanças, contudo, não bastavam. E naquele desejo ardente que, até então, fora infrutífero, eles começaram a se enervar. Até então, cada qual assumira sua parte na desgraça dos filhos, mas a incerteza de se redimir das quatro bestas que tinham gerado fez com que se manifestasse a imperiosa necessidade de um culpar o outro, impulso que é próprio dos corações inferiores.

Começaram com uma troca de pronomes: *teus* filhos. E como atrás do insulto havia subentendidos, a atmosfera se carregava.

– Acho que deverias manter os meninos mais limpos – disse uma noite Mazzini, que acabara de entrar e lavava as mãos.

Berta continuou lendo, como se não tivesse ouvido. Um momento depois, retrucou:

– É a primeira vez que te vejo preocupado com o estado de teus filhos.

Mazzini a olhou com um sorriso forçado.

– Nossos filhos, suponho...

– É, nossos filhos. Fica bem assim? – disse ela, encarando-o.

Mazzini, então, expressou-se claramente:

– Não estás querendo dizer que tenho a culpa, não é?

– Ah, não – e Berta sorriu, pálida. – Mas eu também não tenho – murmurou. – Era só o que faltava.

– Só o que faltava?

– Sim, porque se alguém tem a culpa não sou eu. Vê se entende o que quero dizer.

Ele a fitou por um instante, com um desejo louco de insultá-la.

– Vamos parar com isso – disse, por fim, enquanto secava as mãos.

– Como quiseres. Mas se queres dizer...

– Berta!

– Como quiseres.

Esse foi o primeiro choque e houve outros, mas, nas inevitáveis reconciliações, uniam-se com dobrado arrebatamento e loucura no sonho de outro filho.

Nasceu, então, uma menina. Viveram dois anos com a angústia à flor da alma, sempre esperando outro desastre. Mas nada aconteceu e os pais deram à pequena toda a sua complacência, que ela levava aos limites extremos do mimo e da má-criação.

Se bem que nos últimos tempos Berta tivesse tornado a cuidar dos filhos, ao nascer Bertita ela se esqueceu quase completamente deles. A mera lembrança daqueles quatro já a horrorizava, como se fossem um ato tenebroso que tivesse sido obrigada a cometer. Com Mazzini, embora em menor grau, acontecia o mesmo.

Nem por isso a paz voltara aos seus espíritos. A menor indisposição da filha e o medo de perdê-la faziam com que aflorassem os rancores daquela descendência corrupta. Tinham acumulado fel por tempo demais, o copo estava cheio e ao menor toque o veneno transbordava. Desde o primeiro desgosto envenenado tinham perdido o mútuo respeito. Se há algo para o qual o ser humano se sente arrastado com cruel fruição, este algo é terminar de humilhar alguém depois de já ter começado. Antes se refreavam porque ambos haviam fracassado, mas, agora, com o êxito, cada qual o atribuía a si próprio e sentia mais intensamente a infâmia dos quatro produtos que o outro o forçara a engendrar.

Com tais sentimentos, já não havia afeto possível para os filhos maiores. A empregada os vestia, dava-lhes de comer, deitava-os e tudo com impaciente grosseria. Não os lavava quase nunca. Lá estavam eles o dia todo de frente para o muro, demitidos de todo e qualquer carinho.

Assim Bertita chegou aos quatro anos, e naquela noite, por causa das guloseimas que os pais não lhe negavam, teve febre e calafrios. E o receio de vê-la morrer ou ficar idiota reabriu a velha chaga.

Fazia três horas que não falavam, e o motivo foi, como quase sempre, os fortes passos de Mazzini.

– Meu Deus! Não podes caminhar com mais delicadeza? Quantas vezes...

– Ah, é que me esqueço. Chega. Não faço isso de propósito.

Ela sorriu, desdenhosa:

– Não acredito muito em ti...

– Nem eu nunca acreditei muito em ti... sua tisicazinha.

– O quê? O que disseste?

– Nada!

– Sim, disseste algo. Olha, não sei o que disseste, mas te juro que preferia qualquer coisa a ter um pai como tu tiveste.

Mazzini empalideceu.

– Até que enfim... – murmurou entre dentes – ...até que enfim, sua megera, disseste o que querias!

– Megera, sim! Mas eu tive pais saudáveis! Ouviste? Saudáveis! Meu pai não morreu de delírio! Eu poderia ter filhos como todo mundo! Esses filhos são teus, os quatro são teus!

Mazzini explodiu:

– Megera tísica! Foi isso o que eu disse e queria dizer! Pergunta ao médico quem tem maior culpa da meningite dos teus filhos. Pergunta, megera, meu pai ou teu pulmão furado?

Continuaram cada vez com mais violência, até que um gemido de Bertita lhes selou instantaneamente os lábios. À uma da manhã, no entanto, a ligeira indigestão desapareceu, e como em regra ocorre a todos os jovens casais que um dia se amaram intensamente, a reconciliação chegou, tanto mais efusiva quanto ferinos tinham sido os agravos.

Amanheceu um dia esplêndido, e Berta, ao levantar-se, cuspiu sangue. As emoções e a péssima noite eram, por certo, as grandes responsáveis. Mazzini a abraçou durante longo tempo e ela chorou desesperadamente, sem que nenhum dos dois se encorajasse a dizer uma palavra.

Às dez decidiram que, depois do almoço, iriam passear. Como não dava tempo para outra coisa, mandaram a empregada matar uma galinha.

O dia luminoso tinha arrancado os idiotas de seu banco. No momento em que, na cozinha, a empregada degolava a ave, dessangrando-a lentamente (Berta aprendera com sua mãe que, desse modo, conservava-se o frescor da carne), sentiu um bafo atrás de si. Voltou-se e viu os quatro idiotas, com os ombros grudados uns nos outros, estupefatos, acompanhando a operação.

– Senhora, os meninos estão na cozinha!

Berta não queria que entrassem ali. Nem naquelas horas de perdão, esquecimento e felicidade reconquistada podia livrar-se daquela horrível visão! Pois, naturalmente, quanto mais intensos eram os impulsos de amor ao marido e à filha, mais irritadiço se tornava seu humor quando via os monstros.

– Faz eles saírem, Maria! Toca pra fora, anda, toca pra fora!

As quatro pobres bestas, sacudidas, brutalmente empurradas, retornaram ao banco.

Depois, saíram todos. A empregada, para Buenos Aires, e o casal a passear nas redondezas. À tardinha retornaram e Berta quis cumprimentar as vizinhas da frente. Enquanto conversavam, a menina escapou e entrou em casa.

Os idiotas, durante a tarde, não tinham abandonado o banco. O sol descia, já se escondera atrás do mundo e eles continuavam olhando para os tijolos, mais inertes do que nunca. De repente, algo se interpôs entre seus olhos e o muro. A irmã, cansada das cinco horas de controle dos pais, queria fazer qualquer coisa por sua conta. Ao pé do muro, media sua altura, pensativa. Queria subir, por certo. Experimentou uma cadeira sem assento, mas não bastava. Recorreu então a um caixote de querosene e seu instinto topográfico fez com que o colocasse na vertical. E assim pôde subir.

Os quatro idiotas, com olhar parado, viram como a irmã, laboriosamente, conseguia equilibrar-se, e como, na ponta dos pés, apoiava a garganta sobre o muro, entre as mãos penduradas. Viram-na olhar para todos os lados e buscar apoio com o pé para erguer-se mais. Mas o olhar dos idiotas se animara, uma luz pertinaz se fixara em suas pupilas. Não desviavam os olhos da irmã, enquanto uma crescente expressão de gula ia repuxando cada linha de seus rostos. Lentamente, avançaram. A pequena firmou o pé e quando se preparava para montar no muro e passar ao outro lado, sentiu que lhe agarravam a perna. Abaixo, aqueles oito olhos cravados nos seus lhe deram medo.

– Me solta! Me deixa! – gritou, sacudindo a perna.

Não a soltaram.

– Mamãe! Ai, mamãe! Mamãe, papai! – tornou a gritar, ao mesmo tempo em que tentava agarrar-se ao muro, e era puxada, e caía.

– Mamãe! Ai, ma...

E não pôde gritar mais. Um deles apertou seu pescoço, separando os bucles como se fossem penas, e os outros a arrastaram por uma perna até a cozinha, onde naquela manhã tinham dessangrado a galinha, tirando-lhe a vida aos poucos, segundo a segundo.

Mazzini, na casa da frente, pensou ter ouvido a voz da filha.

– Acho que está te chamando – disse a Berta.

Silenciaram, inquietos, mas não ouviram mais nada. Despediram-se logo. Em casa, enquanto Berta foi guardar o chapéu, Mazzini dirigiu-se ao pátio.

– Bertita!

Ninguém respondeu.

– Bertita! – tornou, com a voz alterada.

E o silêncio foi tão fúnebre para seu coração assustado que, com um atroz pressentimento, ele gelou.

– Minha filha! Minha filha!

E correu, desesperado, para os fundos da casa. Ao passar pela porta da cozinha viu no piso um mar de sangue. Empurrou violentamente a porta entreaberta e deu um grito de horror.

Berta, que viera correndo ao escutar o chamado nervoso do marido, ouviu o grito e respondeu com outro. Mas ao precipitar-se para a cozinha, Mazzini, lívido como a morte, interpôs-se, agarrando-a:

– Não entra! Não entra!

Berta chegou a ver o piso inundado de sangue e só pôde levar as mãos à cabeça e lançar-se nos braços do marido com um suspiro que era um ronco.

O SOLITÁRIO

Kassin era um homem enfermiço, de profissão joalheiro, mas não se estabelecera com loja. Trabalhava para as grandes casas e sua especialidade era a montagem de pedras preciosas. Poucas mãos como as suas para os engastes delicados. Com mais ousadia e tino comercial teria sido rico, mas aos trinta e cinco anos ainda trabalhava numa peça da residência, transformada em oficina de janela.

De corpo mesquinho, rosto exangue sombreado por rala barba negra, Kassin tinha uma mulher formosa e de temperamento apaixonado. A jovem, de origem suburbana, sonhava que, com sua beleza, haveria de fazer um bom casamento. Esperou até os vinte anos, provocando os homens e as vizinhas com seu corpo. Receosa, acabou por aceitar Kassin.

Fim, então, para os sonhos de luxo. O marido, embora hábil artífice, não tinha temperamento para fazer fortuna. Enquanto ele trabalhava curvado sobre suas pinças, ela, apoiada nos cotovelos, fitava-o com um lento e pesado olhar. Às vezes se erguia bruscamente e, por trás da vidraça, ficava olhando para algum transeunte de posição com o qual poderia ter-se casado.

No entanto, tudo o que Kassin ganhava era para ela. Até nos domingos ele trabalhava para poder lhe oferecer algo mais. Quando Maria desejava uma jóia – e com que paixão ela desejava – Kassin virava a noite em sua mesa. Depois tinha tosse, pontadas no flanco, mas Maria não ficava sem suas faíscas de diamante.

Pouco a pouco, a constante companhia das gemas levou a mulher a apreciar o labor do artífice, seguindo com interesse as íntimas delicadezas do engaste. Mas quando a jóia ficava pronta – e devia ser entregue, não era para ela –, mergulhava mais profundamente na decepção que era seu casamento. Experimentava a jóia ao espelho. Depois a largava em qualquer lugar e ia para o quarto. Kassin se levantava ao ouvir os soluços e a encontrava na cama, sem querer escutá-lo.

– Mas eu faço por ti tudo o que posso – dizia ele, tristemente.

Os soluços aumentavam e ele voltava lentamente ao seu banco.

Essas cenas se repetiram tantas vezes que Kassin não mais se levantou para consolá-la. Consolá-la! Do quê? Mas não deixava de prolongar suas vigílias para ganhar mais e poder satisfazê-la.

Era um homem indeciso, irresoluto, calado. Os olhares da mulher se detinham agora com mais pesada fixidez naquela muda tranqüilidade.

– E és um homem, tu – murmurava.

Kassin seguia movendo os dedos em seus engastes.

– Não és feliz comigo, Maria – dizia, passado um instante.

– Feliz! E tens a coragem de dizer isso! Quem pode ser feliz contigo? Nem a última das mulheres. Pobre diabo... – concluía com um riso nervoso, afastando-se.

E naquela noite Kassin trabalhava até três da madrugada e logo sua mulher tinha novas faíscas. Ela as examinava rapidamente, com os lábios apertados.

– Bem... não é um diadema surpreendente. Quando fizeste?

– Desde terça – e a olhava com descolorida ternura –, de noite, enquanto dormias...

– Ah, devias ter dormido... E isso aí? Oh, os diamantes, que grandes!

Sua paixão eram as volumosas pedras que Kassin montava. Acompanhava o trabalho com uma ânsia louca de que terminasse de uma vez. Tão logo a jóia era montada, corria com ela para o espelho. E em seguida tinha um acesso de choro:

– Todos, qualquer marido, o último deles, faria um sacrifício para agradar sua mulher. E tu... Não tenho nem um miserável vestido de noite!

A mulher, quando ultrapassa certo limite do respeito ao marido, pode chegar a lhe dizer coisas inacreditáveis.

A mulher de Kassin ultrapassara tal limite com paixão não menor do que aquela que nutria pelos diamantes. Uma tarde, ao guardar as jóias, Kassin notou a falta de um pregador – cinco mil pesos em dois solitários. Procurou novamente em suas gavetas.

– Maria, não viste o pregador? Estava aqui...

– Vi.

– Onde está? – e ele se voltou, intrigado.

– Aqui.

A mulher, com os olhos acesos e um sorriso zombeteiro, erguia-se com o pregador na roupa.

– Fica bem em ti – disse Kassin, um instante depois. – Vamos guardá-lo.

Maria achou graça.

– Ah, não. É meu.

– Brincadeira?

– Sim, é brincadeira! É brincadeira, sim! Como te dói pensar que poderia ser meu! Amanhã te devolvo. Hoje vou ao cinema com ele.

Kassin ficou sério.

– Fazes mal... E se alguém te vê? Perderiam toda a confiança em mim e...

– Ah – cortou ela, com raivoso fastio, e bateu violentamente a porta.

Na volta do cinema, pôs a jóia sobre o aparador. Kassin, que já estava dormindo, levantou-se e foi guardá-la, chaveando-a em sua mesa. Quando retornou, a mulher estava sentada na cama.

– Tens medo que eu roube? Então sou uma ladra?

– Não me olha assim. Foste imprudente, só isso.

– Ah! Em ti eles confiam, não é? Pra ti, te entregam o pregador. Pra ti! Pra ti! E tu, quando tua mulher te pede algum agrado, e quer... E a mim, infame, me chamas de ladra!

E dormiu, afinal. Mas Kassin não dormiu.

Pouco depois entregaram a Kassin, para montar, um solitário, o mais admirável brilhante que jamais passara por suas mãos.

– Maria, Maria, que pedra! Nunca vi uma igual!

A mulher não disse nada, mas Kassin sentiu que ela respirava fortemente sobre o solitário.

– Que água estupenda – ele continuou. – Deve custar uns nove ou dez mil pesos.

– Um anel? – murmurou Maria, por fim.

– Não, é de homem. Um alfinete.

Durante a montagem do solitário, Kassin recebeu em seus ombros trabalhadores quanto ardia de rancor e coqueteria frustrada em sua mulher. Dez vezes por dia ela interrompia o serviço para levar o brilhante ao espelho. Depois o experimentava com diferentes vestidos.

– Se não te importas de fazer isso mais tarde... – um dia atreveu-se Kassin. – É um trabalho urgente.

Em vão esperou resposta, a mulher abria a janela.

– Maria, alguém pode te ver!

O solitário, arrancado da roupa, rolou no chão. Pálido, Kassin o recolheu, examinando-o, e ergueu o olhar para a mulher.

– O que estás olhando? Acaso estraguei tua pedra?

– Não – ele disse.

E retomou o trabalho, ainda que suas mãos tremessem de dar dó, mas sem demora teve de ir ao quarto ver a mulher, que estava tendo outro ataque.

Encontrou-a com a cabeleira desgrenhada, os olhos desorbitando.

– Me dá o brilhante! – clamou. – Me dá! E vamos fugir daqui! Eu quero ele pra mim! Me dá!

– Maria – gaguejou Kassin, tratando de soltar-se dela.

– Ah, desgraçado – rugiu a mulher enlouquecida. – Tu que és o ladrão! Roubaste a minha vida! Ladrão! Ladrão! E achavas que eu não ia me vingar? Cornudo! Nunca desconfiaste disso, não é? – e levou as duas mãos à garganta, sufocada.

Kassin recuou, ela saltou da cama e, caindo de bruços no chão, conseguiu segurá-lo pelo tornozelo.

– Isso não importa! O brilhante, me dá! Não quero mais nada! É meu! Ele é meu, desgraçado!

Kassin, lívido, ajudou-a a levantar-se.

– Estás doente, Maria. Depois a gente conversa. Vai deitar.

– Meu brilhante!

– Está bem, vamos ver se é possível. Agora te deita.

– Me dá!

E outro ataque mais.

* * *

Kassin voltou a trabalhar em seu solitário. Como suas mãos tinham uma segurança matemática, faltavam poucas horas para aprontá-lo.

Maria levantou-se para comer e Kassin a tratou com a solicitude de sempre. Ao final da janta a mulher o olhou nos olhos.

– É mentira o que eu disse, Kassin.
– Ah, sim – e ele sorriu. – Não foi nada.
– Te juro que é mentira – ela insistiu.

Ele sorriu de novo, tocando de leve na mão dela, e deixou-a para continuar o trabalho. A mulher, com o rosto entre as mãos, seguiu-o com o olhar.

– E é só isso que ele diz... – murmurou.

E sentindo um profundo asco por aquele pegajoso, moleirão e inerte que era seu marido, foi para o quarto.

Não dormiu bem. Acordou-se, já bem tarde, e viu luz na outra peça: o marido ainda trabalhava. Uma hora depois, Kassin ouviu um grito:

– Me dá!
– Sim, é pra ti, Maria, falta pouco – disse ele, pressuroso, ao mesmo tempo em que se levantava para ir vê-la.

Mas a mulher, depois daquele grito de pesadelo, dormia de novo.

Às duas da madrugada Kassin pôde dar por finda sua tarefa: o brilhante resplandecia firme e rijo em seu engaste. Com passos silenciosos, entrou no quarto e acendeu a lâmpada de cabeceira. Maria dormia de costas, expondo a brancura gelada do peito e da camisola.

Kassin foi até sua mesa e retornou mais uma vez. Por um momento contemplou o seio quase descoberto, e com um tristonho sorriso afastou a camisola entreaberta.

A mulher não despertou.

A luz da lâmpada era fraca. O rosto de Kassin adquiriu então uma dureza de pedra, e suspendendo um instante o alfinete sobre o seio desnudo, afundou-o, firme e perpendicular como um prego, no coração da mulher.

Houve uma brusca abertura de olhos, seguida de uma lenta queda de pálpebras. Os dedos se arquearam e mais nada.

A jóia tremeu um instante, na convulsão do órgão ferido. Kassin esperou. E quando o solitário ficou perfeitamente imóvel, retirou-se, fechando a porta sem fazer ruído.

O ESPECTRO

Todas as noites Enid e eu assistimos às estréias cinematográficas no Grand Splendid de Santa Fé. Nem borrascas nem noites de gelo nos têm impedido de entrar, às dez em ponto, na morna penumbra do teatro. Ali, de qualquer camarote, acompanhamos os filmes com um mutismo e um interesse tais que as atenções poderiam se voltar para nós, fosse outra a nossa condição.

De qualquer camarote, eu disse: a localização não nos importa. E quando o Splendid está lotado e não há lugar algum, instalamo-nos, mudos, atentos à representação, num camarote ocupado.

Não atrapalhamos, acho eu, não de um modo perceptível. Do fundo do camarote, ou entre a jovem que se debruça no parapeito e o noivo encostado em sua nuca, Enid e eu, separados do mundo que nos cerca, não tiramos os olhos da tela. Às vezes acontece que alguém, com um arrepio de inquietude cuja origem não consegue descobrir, vira a cabeça para ver o que não pode ver. Ou sente um sopro gelado, inexplicável na cálida atmosfera. Mas nossa presença de intrusos jamais é notada. É preciso que se diga que Enid e eu estamos mortos.

Entre todas as mulheres que conheci no mundo dos vivos, nenhuma me causou impressão comparável à que Enid deixou gravada em mim. O efeito foi tão forte que a imagem, a própria lembrança das outras simplesmente se apagou. Na minha alma fez-se a noite, ascendendo em seu universo um só astro imperecível: Enid. A mera possibilidade de que viesse a me olhar sem indiferença parava meu coração. E ante a idéia de que um dia pudesse ser minha, meu queixo tremia. Enid!

Tinha ela – quando vivíamos no mundo – a mais divina beleza que a epopéia do cinema projetou a milhares de léguas e expôs ao olhar fixo dos homens. Seus olhos, sobretudo, foram únicos, jamais um olhar de veludo teve uma moldura de pestanas como os olhos de Enid. Um veludo azul, úmido e repousado, como a felicidade que soluçava neles.

O infortúnio só me permitiu conhecê-la quando já estava casada.

Agora já não é o caso de ocultar nomes. Todo mundo se lembra de Duncan Wyoming, o extraordinário ator que, começando sua carreira na época de William Hart, teve, como este, sólidas virtudes de interpretação viril. Hart já deu ao cinema tudo o que esperávamos dele e é um astro que cai. De Wyoming, em troca, não sabemos o que poderíamos ter visto, pois já no início de sua breve e luminosa carreira criou – em contraste com o fastidioso herói atual – o tipo do varão rude, áspero, feio, negligente e outras coisas mais, mas homem da cabeça aos pés, pela sobriedade, pelos impulsos e pela índole do sexo.

Hart continuou atuando, dele já vimos tudo, mas Wyoming nos foi arrebatado na flor da idade, justo quando terminava duas fitas magníficas, segundo informações da companhia: *El páramo* e *Más allá de lo que se ve*.

O encanto – esse cativeiro dos sentidos – que exerceu sobre minha Enid, amargurando-me, significou outra amargura igual: Wyoming, que era seu marido, era também meu melhor amigo.

Fazia dois anos que Duncan e eu não nos víamos: ele ocupado com seu trabalho no cinema, eu com o meu na literatura. Quando tornei a encontrá-lo em Hollywood, estava casado.

– Esta é a minha mulher – disse ele, impelindo-a para meus braços. E a ela: – Dá um abraço forte nele, dificilmente acharás um amigo como Grant. Podes beijá-lo, se quiseres.

Não me beijou. Mas seus cabelos tocaram meu pescoço e, no calafrio de todos os meus nervos, senti que jamais seria um irmão para aquela mulher.

Passamos dois meses juntos no Canadá e não é difícil avaliar meu estado emocional em relação a Enid. Mas nenhuma palavra, nenhum movimento, nenhum gesto traiu meus sentimentos diante de Wyoming. Só ela podia ler em meu olhar, tranqüilo que fosse, quão profundamente a desejava.

Amor e desejo, em mim, eram gêmeos, misturados, intensos: se a desejava com todas as forças da minha alma incorpórea, adorava-a com toda a torrente de meu sangue substancial.

Duncan não via. Como podia ver?

Na entrada do inverno voltamos a Hollywood e Wyoming foi atacado pela gripe que haveria de lhe custar a vida. Deixaria a viúva com fortuna e sem filhos, mas não estava tranqüilo, pensando na solidão em que ela ficaria.

– Não é a situação econômica – explicava-me –, é o desamparo moral. E neste inferno que é o cinema...

Pouco antes de morrer, puxou nossos rostos para perto do travesseiro e recomendou, com voz difícil:

– Confia em Grant, Enid... Com ele ao teu lado não terás medo de nada. E tu, amigo velho, cuida dela como um irmão... Não, não precisa prometer... Agora já posso passar ao outro lado...

Sofremos o que se sofre nessas ocasiões. No sétimo dia retornamos ao Canadá, ao mesmo acampamento de verão que um mês antes nos vira jantar, os três juntos, diante da barraca. Como antes, Enid olhava para o fogo, molhada de sereno. De pé, eu a contemplava. E Duncan não estava mais ali.

Devo confessar: na morte de Wyoming vi a libertação daquela terrível águia engaiolada em nosso coração, que é o desejo por uma mulher que está ao nosso lado e não podemos tocar. Fui o melhor amigo de Wyoming e enquanto ele viveu a águia não desejou seu sangue e só se alimentou – eu a alimentei – do meu. Mas entre ele e eu se erguera algo mais consistente do que uma sombra. Enquanto ele viveu, sua mulher foi – e teria sido sempre – intocável para mim. Mas ele estava morto. Não podia exigir de mim sacrifícios na mesma Vida em que acabara de fracassar. E Enid era minha vida, meu futuro, meu alimento, minha ânsia de viver, que ninguém, nem Duncan – meu amigo íntimo, mas morto –, podia me negar.

"Cuida dela..." Sim, mas dando o que ele não pudera dar ao perder sua vez: a adoração de uma vida inteira a ela consagrada!

Durante dois meses, dia e noite, cuidei dela como um irmão. No terceiro caí aos seus pés.

Enid me fitou, imóvel, e lembraram-lhe, com certeza, os últimos momentos de Wyoming, pois me rejeitou violentamente. Mas não me afastei da barra de sua saia.

– Te amo, Enid. Sem ti eu morro...
– Tu, Guillermo! – ela murmurou. – É horrível te ouvir dizer isso.
– Que seja – repliquei –, mas te amo com loucura.
– Pára, não quero ouvir!
– E sempre te amei, sabes disso.
– Não, não sei!
– Sabes sim, eu sei que sabes.

Enid me empurrava, mas eu resistia, a cabeça entre seus joelhos.

– Diz pra mim que já sabias.
– Não digo nada! Estamos profanando...
– Diz, diz logo.
– Guillermo!
– Diz apenas isso, que sabes que eu sempre te quis.

Seus braços se renderam, cansados. Ergui a cabeça e nos olhamos por um instante, um instante só, antes que ela se curvasse sobre os joelhos, a chorar.

Deixei-a. E quando, uma hora mais tarde, tornei a entrar, branco de neve, ninguém teria suspeitado, ao ver nosso simulado e tranqüilo afeto cotidiano, de que acabávamos de esticar, até fazer sangrar, as cordas de nossos corações.

Porque na união de Enid e Wyoming jamais houve amor. Faltou-lhe sempre uma labareda de insensatez, desespero, injustiça – a chama da paixão que queima o juízo de um homem e abrasa a mulher em soluços de fogo. Enid gostava de seu marido, nada mais. E gostava dele, apenas gostava, porque eu estava ali e era a cálida sombra de seu coração, onde ardia o que não lhe vinha de Wyoming e onde ela sabia que se refugiava o que dela não chegava nele.

E veio a morte, abrindo o vazio que eu devia preencher com um afeto de irmão... Irmão de Enid, que era a minha sede de felicidade no imenso mundo!

Três dias depois daquela cena regressamos a Hollywood. Passado um mês, lá estava eu de novo aos pés de Enid, a cabeça em seus joelhos, e ela a me rejeitar.

– Te amo cada dia mais, Enid...
– Guillermo!
– Diz que algum dia me amarás.
– Não!
– Diz ao menos que acreditas que te amo tanto.
– Não!
– Diz.
– Me deixa! Não vês que estou sofrendo horrivelmente? – e ao sentir que eu tremia no altar de seus joelhos, incapaz de falar, bruscamente tomou meu rosto entre as mãos: – Me deixa, te peço! Me deixa! Não vês que também te amo com paixão e que estamos cometendo um crime?

Quatro meses justos, apenas cento e vinte dias transcorridos da morte do homem que fora seu esposo e meu amigo, aquele que colocara um véu protetor entre sua mulher e um novo amor...

Abrevio. Tão profundo e completo foi o nosso, que ainda hoje me pergunto com assombro que finalidade absurda teriam nossas vidas se não nos encontrássemos sob os auspícios de Wyoming.

Uma noite – estávamos em Nova York – eu soube que, por fim, seria levado *El páramo*, um dos filmes que mencionei e cuja estréia era aguardada com muita expectativa. Eu também queria vê-lo e convidei Enid. Por que não?

Por longo momento nos olhamos, uma eternidade de silêncio e a lembrança indo a galope para trás, entre avalanches de neve e rostos agônicos. Mas o olhar de Enid era a própria vida e logo, entre o veludo úmido de seus olhos e os meus, só palpitou a felicidade convulsiva de nos adorarmos.

E fomos ao Metrópole.

Da penumbra avermelhada do camarote, vimos aparecer, enorme, com o rosto mais branco do que na hora de sua morte, Duncan Wyoming. Senti o braço de Enid estremecer na minha mão.

Duncan!

Aqueles gestos eram seus próprios gestos, aquele sorriso confiante seu próprio sorriso, assim como também era propriamente sua aquela enérgica figura que se movia na tela. E a vinte metros dele, sua mulher nos braços do amigo íntimo.

Enquanto a sala esteve às escuras, Enid e eu não pronunciamos uma só palavra e não desviamos nunca os olhos da tela. Em silêncio ainda, voltamos para casa. Ali, Enid me abraçou e sorriu. Mas chorava. E sorria sem ocultar as lágrimas.

– Compreendo, meu amor – murmurei, os lábios na extremidade de uma pele que, sendo um obscuro detalhe de sua roupa, era ao mesmo tempo toda sua pessoa idolatrada. – Compreendo, mas vamos resistir... e esquecer.

Como resposta, Enid, sorrindo sempre, encolheu-se no meu peito.

Na noite seguinte fomos ver o filme outra vez. O que precisávamos esquecer? A presença do outro, a vibrar no feixe de luz que o transportava para a tela, palpitante de vida. Esquecer sua inconsciência da situação. Esquecer a confiança que depositara na mulher e no amigo. E para esquecer era preciso que nos acostumássemos com tudo aquilo.

Noite atrás de noite, sempre atentos aos personagens, assistimos ao êxito crescente de *El páramo*.

A atuação de Wyoming era primorosa e se desenvolvia num drama de brutal energia: uma pequena parte nos matos do Canadá e o resto em Nova York. A cena capital era aquela em que Wyoming, ferido na luta com um homem, descobria que sua mulher amava tal homem, que ele acabara de matar por motivos que nada tinham a ver com esse amor. Wyoming amarrava uma atadura na testa. E deitado no sofá, arquejando ainda de cansaço, assistia à aflição de sua mulher sobre o cadáver do amante.

Poucas vezes a revelação da ruína, a desolação e o ódio subiram ao rosto humano com tão violenta clareza como, naquela cena, aos olhos de Wyoming.

A direção do filme destacara até a tortura aquele prodígio de expressão e a cena era mantida por um número infinito de segundos, quando um só bastava para mostrar em todos os matizes a crise de um coração desmoronado.

Enid e eu, quietos no escuro, admirávamos o morto amigo, cujas pestanas quase nos tocavam quando ele vinha lá do fundo ocupar sozinho a tela. E ao distanciar-se novamente, no cenário do conjunto, a sala inteira parecia expandir-se em perspectiva. E Enid e eu, com uma ligeira vertigem por causa desse jogo, sentíamos ainda as pestanas de Duncan que pareciam ter roçado em nós.

Por que continuávamos indo ao Metrópole? Que desvio de nossas consciências nos levava, todas as noites, a encharcar de sangue nosso amor imaculado? Que presságio nos arrastava, como sonâmbulos, ante uma acusação alucinante que não se dirigia a nós, uma vez que os olhos de Wyoming estavam voltados para outro lado?

Para onde olhavam? Não sei, talvez para um camarote à nossa esquerda. Mas uma noite notei, senti na raiz dos meus cabelos, que os olhos dele se voltavam para nós. Enid também notou, seus ombros tremeram sob meu braço.

Há leis naturais, princípios físicos que nos ensinam quão fria magia é essa dos espectros cinematográficos dançando na tela, imitando nos mais íntimos detalhes uma vida que se perdeu. Essa alucinação em preto-e-branco é tão-só a persistência gelada de um instante, o relevo imutável de um segundo vital. Mais fácil seria vermos ao nosso lado um morto que deixa o túmulo do que percebermos a mais leve mudança no rastro lívido de um filme.

Perfeitamente. Mas, a despeito das leis e dos princípios, o olhar de Wyoming, a cada noite, voltava-se um pouco em nossa direção. Se para a platéia *El páramo* era uma ficção novelesca e Wyoming só podia viver por uma ironia da luz, se não era mais do que uma fachada elétrica de lâmina, sem lados ou fundos, para nós – Wyoming, Enid e eu –, a cena filmada era manifestamente viva, não na tela, mas num camarote, onde nosso amor sem culpa se transformava em monstruosa infidelidade ante o marido *vivo*...

Farsa de ator? Ódio fingido de Duncan, apropriado àquele quadro de *El páramo*? Não! Ali estava a brutal revelação: a terna esposa e o amigo íntimo na sala de espetáculos, com as cabeças juntas, rindo da confiança depositada neles...

Mas não ríamos: noite atrás de noite, camarote por camarote, o olhar se movia e chegava mais perto de nós.

– Falta um pouco ainda – dizia comigo.
– Será amanhã – pensava Enid.

Enquanto o Metrópole estava iluminado, o mundo real das leis físicas nos convencia e respirávamos profundamente, mas, à brusca cessação da luz, que sentíamos como um golpe doloroso em nossos nervos, o drama espectral nos colhia outra vez.

A mil léguas de Nova York, encaixotado sob a terra, estava deitado ao comprido e sem olhos Duncan Wyoming. Mas sua surpresa com o frenético esquecimento de Enid, sua ira e sua vingança estavam vivas ali, incendiando o rastro químico de Wyoming, movendo-se em seus olhos vivos, que acabavam, por fim, de fixar-se em nós.

Enid sufocou um grito e, desesperada, abraçou-se em mim.

– Guillermo!
– Não fala, por favor.
– Olha, ele acaba de baixar a perna do sofá!

A pele das minhas costas se arrepiou. Com uma lentidão de fera e os olhos cravados em nós, Wyoming levantou-se do sofá, no fundo da cena. Enid e eu o vimos avançar em nossa direção e chegar a um monstruoso primeiro plano. Um fulgor deslumbrante nos cegou, ao mesmo tempo em que Enid deu um grito.

A fita acabava de queimar-se. Na sala iluminada, todas as cabeças estavam viradas para nós. Algumas pessoas se erguiam para ver o que tinha acontecido.

– A senhora está doente, parece morta – disse alguém na platéia.

– Mais morto parece ele – outro acrescentou.

O funcionário já nos trazia os casacões e saímos.

Que mais? Nada, senão que no dia seguinte Enid e eu não nos vimos. À noite, quando nos encontramos para ir novamente ao Metrópole, Enid tinha já em suas pupilas as trevas do além, e eu levava um revólver no bolso.

Não sei se alguém no teatro nos reconheceu como os enfermos da noite anterior. A luz apagou-se, acendeu-se, tornou a apagar-se, sem que uma só idéia normal repousasse no cérebro de Guillermo

Grant e sem que, por um instante só, o dedo crispado desse homem abandonasse o gatilho.

Durante toda a minha vida fui senhor de mim mesmo. E o fui até a noite anterior, quando, contra toda a justiça, o frio espectro, que desempenhava sua função fotográfica de todos os dias, criou dedos estranguladores para dirigir-se a um camarote e terminar o filme. Como na noite anterior, ninguém notava na tela nada de anormal, e Wyoming, certamente, continuava ofegando, deitado no sofá. Mas Enid – Enid em meus braços – tinha o rosto voltado para a luz e estava pronta para gritar. E então Wyoming ergueu-se.

Eu o vi adiantar-se, crescer, chegar à frente da tela, sem desviar os olhos dos meus. Eu o vi desprender-se, mover-se num feixe de luz, pelo ar, sobre a platéia, e aproximar-se de nós, ainda com a cabeça enfaixada. Eu o vi avançar os dedos como garras. Enid começou a gritar, desses gritos que, ao rasgar uma corda vocal, rasgam a razão inteira. E atirei.

Não posso dizer o que se passou logo a seguir. Mas, depois da confusão e da fumaça, vi meu corpo dobrado sobre o parapeito, morto.

Desde o instante em que Wyoming deixou o sofá, mantive o revólver apontado para sua cabeça. Isso eu lembro com toda a nitidez. Mas quem recebeu a bala na têmpora fui eu.

Estou inteiramente seguro de que quis apontar a arma contra Duncan, mas a verdade é que, acreditando apontar para o assassino, eu apontava para mim mesmo. Foi um erro, um simples engano, nada mais, mas me custou a vida.

Três dias depois Enid também seria desalojada deste mundo. E aqui termina nosso idílio.

* * *

Mas não terminou ainda. Não são suficientes um tiro e um espectro para desvanecer um amor como o nosso. Além da morte, da vida e seus rancores, Enid e eu nos encontramos. Invisíveis dentro do mundo vivo, Enid e eu estamos sempre juntos, esperando o anúncio de outra estréia cinematográfica.

Já recorremos o mundo. Não nos passa despercebido nem o mais trivial episódio de um filme. Não mais vimos *El páramo*. A atuação de Wyoming já não pode nos causar surpresas, exceto aquelas que dolorosamente pagamos.

Agora nossa esperança está depositada em *Más allá de lo que se ve*. Vai fazer sete anos que a companhia anuncia a estréia e vai fazer sete anos que Enid e eu esperamos. Duncan é o protagonista, mas não estaremos mais no camarote, pelo menos nas condições em que fomos vencidos. As circunstâncias são outras e Duncan pode cometer um erro que nos permita entrar de novo no mundo visível, do mesmo modo que nossas pessoas vivas, há sete anos, permitiram que animasse a gelada lâmina de seu filme.

Enid e eu ocupamos agora, na névoa invisível do incorpóreo, o sítio privilegiado da espreita, que foi toda a força de Wyoming no drama anterior. Se seu ciúme persistir, se cometer um engano qualquer ao *ver-nos* e fizer em seu túmulo o menor movimento para fora, nós aproveitaremos. A cortina que separa a vida da morte não pode ter-se descerrado somente em seu favor, e a porta está entreaberta. Entre o Nada que dissolveu o que foi Wyoming e sua elétrica ressurreição, ficou um espaço vazio. Ao mais leve movimento que fizer o ator, querendo desprender-se da tela, Enid e eu deslizaremos, como por uma fissura, pelo tenebroso corredor. Mas não seguiremos o caminho do sepulcro de Wyoming, iremos até a Vida e nela entraremos de novo. E é o mundo cálido de que fomos expulsos, o amor tangível e vibrante em cada sentido humano, o que nos espera, a Enid e a mim.

Dentro de um mês, dentro de um ano, esse instante chegará. Só nos inquieta a possibilidade de que *Más allá de lo que se ve* venha a estrear sob outro título, como é costume nesta cidade. Por precaução, não perdemos nenhuma estréia. Noite atrás de noite entramos às dez em ponto no Grand Splendid e nos instalamos num camarote vazio ou já ocupado, indiferentemente.

O MEL SILVESTRE

Tenho em Salto Oriental dois primos, hoje adultos, que aos doze anos, depois de intensas leituras de Júlio Verne, tiveram a brilhante idéia de abandonar sua casa para viver no mato, que dista duas léguas da cidade. Ali viveriam primitivamente da caça e da pesca. Não lhes ocorreu levar armas e anzóis, mas, enfim, o mato estava ali, sua liberdade como fonte de ventura e seus perigos como encanto.

Infortunadamente, no segundo dia foram encontrados por quem os procurava. Ainda estavam atônitos, já um tanto enfraquecidos, e para o assombro de seus irmãos menores – também iniciados em Júlio Verne –, ainda sabiam andar sobre dois pés e não tinham esquecido a fala.

A aventura dos dois robinsons seria mais apropriada se tivesse como teatro um mato menos domingueiro. Tais aventuras, aqui em Misiones, levam a limites imprevistos, e a tanto foi arrastado Gabriel Benincasa pelo orgulho que sentia de suas botas.

Benincasa, tendo concluído os estudos de contabilidade pública, sentiu um fulminante desejo de conhecer a vida na selva. Não foi uma imposição de seu temperamento: Benincasa era um rapaz pacato, gorducho e de cara rosada, devido à sua excelente saúde, e suficientemente sensato para preferir chá com leite e pasteizinhos à fortuita e infernal alimentação do mato. Mas assim como o solteiro ajuizado que, às vésperas do casamento, julga seu dever despedir-se da vida livre com uma orgia na companhia dos amigos, quis Benincasa enriquecer sua vida certinha com dois ou três choques de vida intensa. E por este motivo, levando suas botas, ia subindo o Rio Paraná até uma madeireira.

Tão logo deixou Corrientes foi calçando as robustas botas, pois os jacarés da margem já se destacavam na paisagem. E ia cheio de cuidado para não maltratá-las ou sujá-las.

Assim que chegou à madeireira do padrinho, este teve de conter o ímpeto do afilhado.

– Aonde vais agora? – perguntou, intrigado.

– Dar um volteio no mato – respondeu Benincasa, que acabara de pendurar a winchester ao ombro.

– Mas não vais conseguir dar um passo, infeliz. Segue pela picada, então... Ou melhor, larga essa arma e amanhã mando um peão contigo.

Benincasa desistiu do passeio. Mas foi até a orla do mato e ali se deteve. Tentou vagamente dar um passo adentro e parou novamente. Meteu as mãos nos bolsos e fitou demoradamente aquele compacto emaranhado, assobiando baixinho uma canção que só conhecia pela metade. Depois de considerar novamente o mato, retornou muito decepcionado.

No dia seguinte percorreu duas léguas da picada central, e embora seu fuzil tenha retornado profundamente adormecido, não lamentou o passeio. Pouco a pouco as feras haveriam de aparecer.

E apareceram na segunda noite, embora de espécie um tanto singular.

Benincasa dormia a sono solto quando foi despertado pelo padrinho.

– Ô dorminhoco! Levanta ou te comem vivo.

Benincasa sentou-se bruscamente na cama, assustado com a luz de três lanternas de vento que se moviam de um lado para outro na peça. Seu padrinho e dois peões regavam o local.

– O que houve? O que houve? – perguntou, pulando da cama.

– Nada demais... Cuidado com os pés... A correição...

Benincasa já fora informado sobre as curiosas formigas que chamamos *correição*. Pequenas, negras, brilhantes, marcham velozmente em grande número. São essencialmente carnívoras. Avançam devorando tudo o que encontram: aranhas, grilos, escorpiões, sapos, cobras e qualquer outro bicho que não lhes possa resistir. Não há animal, forte ou grande, que delas não fuja. Sua entrada numa casa pressupõe a exterminação absoluta de todo ser vivente, pois não há canto ou buraco fundo onde não se precipite a massa devoradora. Os cães uivam, os bois mugem e aquele que não abandonar a casa pode ser roído em dez horas até o esqueleto. Permanecem no lugar um dia, dois dias ou até cinco, conforme sua riqueza em insetos, carne ou gordura. Quando nada mais resta, vão-se.

Mas não resistem à creolina ou desinfetante similar. E como em madeireira o que não falta é creolina, antes de uma hora o chalé ficou livre da correição.

Benincasa observava muito de perto, no pé, a placa lívida de uma mordida.

– Como picam forte – comentou, surpreso.

Era uma constatação óbvia para o padrinho, que não respondeu e apenas se felicitou por ter contido a tempo a invasão. Benincasa retomou o sono e durante a noite toda foi assaltado por pesadelos tropicais.

No dia seguinte voltou ao mato com um facão, que considerou mais útil do que o fuzil. Mas seu pulso não era uma maravilha, tampouco sua pontaria: de um só golpe conseguia cortar os ramos, machucar o rosto e arranhar as botas.

O mato crepuscular e silencioso logo o entediou. Dava-lhe a impressão – exata, de resto – de cenário de uma peça vista de dia. Da buliçosa vida tropical, nessa hora, remanesce tão-só o teatro gelado: nem um animal, nem um pássaro, quase nenhum ruído. Benincasa ia voltando quando um surdo zumbido lhe chamou a atenção. A dez metros, num tronco oco, diminutas abelhas aureolavam a entrada do buraco. Aproximou-se com cautela e viu no fundo da abertura dez ou doze bolotas escuras, do tamanho de um ovo.

– Mel – disse consigo o contabilista, com íntima gula. – Devem ser bolsas de cera, cheias de mel.

Mas entre Benincasa e as bolsinhas estavam as abelhas. Lembrou-se de recorrer ao fogo: faria uma boa fumaceira. Quis a sorte que, ao acercar-se o ladrão, cautelosamente, com a folharada úmida, quatro ou cinco abelhas pousassem em sua mão sem picá-lo. Benincasa pegou uma delas e, comprimindo-lhe o abdome, constatou que não possuía ferrão. Maravilhosos e bons animaizinhos! E de tão guloso chegou a salivar.

Num instante o contabilista desprendeu as bolsinhas de cera. Afastando-se um tanto para escapar ao pegajoso contato das abelhas, sentou-se numa grande raiz. Das doze bolotas, sete continham pólen, mas as restantes estavam cheias de mel, um mel escuro, de sombria transparência, que Benincasa provou com satisfação. Tinha gosto de alguma coisa... do quê, exatamente? Não pôde descobrir. Talvez resina de frutas ou de eucalipto. E por isso aquele denso mel deixava um ligeiro travo de amargor. Em troca, que perfume!

Benincasa, uma vez seguro de que não mais do que cinco bolsinhas lhe seriam úteis, pôs-se a agir. Sua idéia era simples: manter a bolsa suspensa, gotejando na boca. Como o mel era espesso, teve de aumentar o buraco, isso depois de ter permanecido meio minuto com a boca inutilmente aberta. Então o mel apareceu, adelgaçando-se em pesado fio até a língua do contabilista.

Uma a uma, as cinco bolsas se esvaziaram na boca de Benincasa. E foi inútil insistir em mantê-las no alto ou espremer as vazias. Teve de resignar-se.

Entretanto, a posição da cabeça voltada para cima o deixara um tanto mareado. Pesado de mel, quieto e com os olhos bem abertos, Benincasa olhou novamente o mato crepuscular. As árvores e o solo assumiam posturas por demais oblíquas e sua cabeça acompanhava o vaivém da paisagem.

– Que estranho – resmungou o contabilista. – E o pior é que...

Ao levantar-se e tentar dar um passo, vira-se obrigado a sentar-se de novo na raiz. Sentia o corpo como chumbo, sobretudo as pernas, que davam a impressão de estar muito inchadas. E os pés e as mãos formigavam.

– Que estranho! Que estranho! – repetia estupidamente Benincasa, sem contudo dar com o motivo daquela estranheza. – Como se eu estivesse cheio de formigas... A correição...

E de repente conteve a respiração, num espanto.

– O mel! O mel é venenoso!

E numa segunda tentativa de erguer-se, sentiu os cabelos se eriçarem de pavor: não conseguia mover-se. Agora a sensação de chumbo e de formigamento subia até a cintura. Durante um momento o horror de morrer ali, miseravelmente só, longe da mãe e dos amigos, impediu que pensasse em qualquer meio de defesa.

– Vou morrer agora! Daqui a pouco! E não posso nem mover a mão...

Em seu pânico, pôde constatar que não tinha febre nem ardência na garganta, e que o coração e os pulmões mantinham o ritmo normal. Sua aflição mudou de forma.

– Estou paralítico, é a paralisia! E ninguém vai me encontrar...

Uma invencível sonolência começou a se apossar dele, deixando íntegras, contudo, suas faculdades. E assim acreditou notar que o solo oscilante se tornava negro e se agitava vertiginosamente. Outra vez lembrou-se da correição, e seu pensamento, com suprema angústia, fixou-se naquele perigo: se aquilo que preteava o chão...

Ainda teve forças para se sobrepôr a esse último espanto e então gritou, aquele grito que, na voz do homem, reproduz a entonação do menino apavorado: pelas pernas lhe subia um açodado carreiro de formigas negras. Ao redor dele a correição devoradora escurecia o solo, e o contabilista sentiu sob a cueca as formigas carnívoras picando.

* * *

Dois dias depois o padrinho encontrou, sem a menor partícula de carne, o esqueleto vestido com a roupa de Benincasa. A correição que ainda andava por ali e as bolsinhas de cera deram-lhe a resposta que buscava.

Raro é o mel silvestre com essas propriedades narcóticas ou paralisantes, mas pode-se encontrá-lo. Flores de igual natureza abundam no trópico, e o sabor do mel, na maioria dos casos, denuncia sua condição – como o travo de resina de eucalipto que Benincasa acreditou sentir.

A CÂMARA ESCURA

Numa noite de chuva, no bar das ruínas, chegou a notícia de que nosso juiz de paz, em Buenos Aires, tinha sido vítima de um conto do vigário e estava voltando muito doente.

As duas notícias nos surpreenderam, pois jamais pisara em Misiones alguém tão desconfiado como o nosso juiz, e quanto à sua enfermidade, a asma, nunca a leváramos a sério. De resto, para sua freqüente dor de dentes, bastava uma bochechada de conhaque, que depois não cuspia.

Conto do vigário? Só vendo.

Esse funcionário se chamava Malaquías Sotelo. Era um índio de baixa estatura e pescoço curto, que para erguer a cabeça parecia encontrar resistência na nuca. Tinha poderosa mandíbula e testa tão baixa que o cabelo, curto e duro como arame, começava numa linha azul a dois dedos das espessas sobrancelhas. Debaixo destas, dois olhinhos fundos que olhavam com eterna desconfiança, sobretudo quando a asma os inundava de angústia. Seus olhos, então, moviam-se de um lado para outro com arquejante receio de animal acuado, e era com gosto que, nessas ocasiões, todos evitavam olhá-lo.

A par dessa manifestação de sua alma indígena, era um tipo cheio de vontade e incapaz de malgastar um centavo no que quer que fosse.

Quando jovem, fora soldado da polícia no interior de Corrientes. A onda de desassossego que, como um vento norte, sopra sobre o destino dos indivíduos nas regiões remotas, levara-o a trocar seu ofício pelo de porteiro do juizado geral de Posadas. Ali, sentado no saguão, aprendeu sozinho a ler em *La Nación* e *La Prensa*. Não faltou quem pressentisse as ambições daquele indiozinho silencioso, e dois lustros mais tarde lá estava ele à frente do juizado de paz em Iviraromí.

Tinha certa cultura, adquirida em silêncio, bastante superior àquela que demonstrava, e nos últimos tempos comprara a *História Universal*, de Cesare Cantu. Mas isso só viemos a saber depois, em razão do sigilo com que protegia suas aspirações a *doutor* das inevitáveis zombarias.

A cavalo (jamais alguém o viu caminhar duas quadras), era o tipo melhor vestido do lugar. Em casa andava de pés no chão, mas à tardinha costumava ler à frente da casa, numa cadeira de balanço, calçando os mocassins de couro que ele mesmo fabricava e sem meias. Tinha algumas ferramentas de correaria e sonhava com uma máquina de costurar sapatos.

Conhecia-o desde a minha chegada à região: ele estivera em minha oficina para perguntar – o que só fez no fim da cerimoniosa visita – que substância eu recomendava para curtir couro de capincho (suas sapatilhas), uma que fosse mais rápida do que o tanino e menos mordente do que o bicromato.

No fundo, não simpatizava comigo, ou, quando menos, desconfiava de mim. Suponho que essa antipatia tenha começado logo depois desse primeiro encontro, por ocasião de uma festança em que os aristocratas locais – plantadores de erva-mate, autoridades e comerciantes – comemoravam uma data pátria na praça das ruínas jesuíticas, ao ar livre e rodeados de mil pobres-diabos e crianças inquietas, comemoração de que não participei, mas que testemunhei, na companhia de um carpinteiro zarolho que, numa noite escura, com mais álcool no corpo do que deveria, vazara um olho ao espirrar sobre um fio de arame farpado, e de um caçador brasileiro, um velho e rude bicho-do-mato, que depois de olhar atravessado para minha bicicleta, ao longo de três meses, acabara por murmurar:

– Cavalo de pau.

Minha pouco protocolar companhia e, sobretudo, minha habitual roupa de trabalho, que não abandonei naquela data pátria, teriam sido as causas da desconfiança, da qual nunca se livrou o juiz de paz.

Ultimamente, casara-se com Elena Pilsudski, uma polaquinha muito jovem que vivia com ele havia oito anos e costurava a roupa dos filhos com a linha usada pelo marido em sua correaria. Mourejava do amanhecer ao anoitecer (o juiz soubera escolher) e estranhava quaisquer visitantes, para os quais reservava um olhar francamente selvagem, não muito distinto do olhar de suas terneiras, que mal conseguiam se adiantar à dona quando esta, nas primeiras horas da manhã, erguendo a saia à cintura e com as coxas de fora, voava atrás delas no meio do espartal molhado.

Havia outro personagem na família, se bem que só de vez em quando honrasse Ivirаromí com sua presença: Dom Estanislao Pilsudski, sogro de Sotelo.

Era um polaco cuja barba fina acompanhava os ângulos de seu rosto ossudo. Calçava sempre botas novas e costumava usar um longo casaco preto à moda cafetão. Sorria sem cessar, predisposto a concordar com a opinião do mais pobre ser que lhe falasse, e era esta a sua característica de raposa velha. Em suas estadas entre nós não havia noite em que não fosse ao bar, empunhando um varapau sempre diferente se fazia bom tempo, ou um guarda-chuva se chovia. Recorria as mesas de jogo, detendo-se ao lado de cada uma para agradar a todos. Ou parava junto do bilhar com as mãos para trás e sob o casaco, balançando-se e aprovando todas as tacadas, pifadas ou não. Nós o chamávamos Grande Coração, pois era esta a sua expressão usual para qualificar a honradez de uma pessoa.

Naturalmente, o juiz de paz, antes de qualquer outro, havia merecido tal expressão, isso quando Sotelo, proprietário e juiz, casara-se com Elena por amor aos filhos. Mas todos nós éramos aquinhoados com as efusões do melífluo senhor.

*

Tais são os personagens que intervieram na questão fotográfica que é o tema deste relato.

Como disse, não acreditáramos na notícia do conto do vigário de que teria sido vítima o juiz.

Sotelo era a desconfiança e o receio em pessoa, e por mais provinciano que se sentisse no Paseo de Julio, nenhum de nós via nele a madeira dobrável que se prestaria a uma tapeação. Ignorava-se a procedência da notícia, decerto subira de Posadas, tal como a do regresso e da doença, que infelizmente era verdadeira.

E eu fiquei sabendo antes de qualquer outra pessoa, ao voltar para casa, de manhã, com a enxada no ombro. Na estrada, diante do porto novo, um rapaz detuve sobre a ponte o galope de seu cavalo branco para me contar que o juiz de paz chegara na noite anterior, no vapor de carreira de Iguazú, e fora desembarcado nos braços, pois vinha muito doente. Disse ainda que ia avisar a família para que viessem buscar o enfermo num carro.

– Mas o que ele tem? – perguntei ao rapaz.

– Não sei. Nem consegue falar. É uma coisa na respiração.

Embora tivesse certeza da má-vontade de Sotelo em relação a mim, e acreditasse que sua decantada enfermidade não passava de um vulgar ataque de asma, decidi ir vê-lo. Encilhei o cavalo e em dez minutos estava lá.

No porto novo de Iviraromí há um galpão também novo que serve de depósito de erva-mate e um chalé deteriorado que outrora foi armazém e casa de hóspedes. Agora está vazio e em suas dependências o que se vê é madeiramento mofado de carroça e um aparelho telefônico no chão.

Numa dessas peças encontrei nosso juiz recostado num catre, vestido, mas sem casaco. Estava quase sentado, a camisa desabotoada e o colarinho postiço a pender, preso apenas na parte de trás. Respirava como respira um asmático em violento acesso – o que não é nada agradável de se olhar. Ao me ver, moveu a cabeça no travesseiro, levantou um braço, que subiu como sem governo, logo o outro, levando a mão convulsa até a boca. Mas não conseguiu dizer nada.

Além do ricto facial, do afundamento insondável dos olhos e do afilamento terroso do nariz, algo atraiu meu olhar: suas mãos, saindo a meio do punho da camisa, descarnadas e com as unhas azuis, os dedos lívidos e grudados que começavam a se arquear sobre o lençol.

Olhando-o atentamente, percebi que estava com os segundos contados, que morria, que naquele preciso instante estava morrendo. Imóvel aos pés do catre, vi que tateava o lençol à procura de algo, e não o encontrando, cravava vagarosamente as unhas. Vi que abria a boca, movia de leve a cabeça e olhava com algum assombro um ponto do teto, e ali detinha o olhar, fixado no zinco para toda a eternidade.

Morto! Num breve espaço de dez minutos eu saíra de casa assobiando para consolar o reservado juiz que fazia bochechas de canha entre dor de dente e ataque de asma, e voltava com os olhos endurecidos pela efígie de um homem que esperara minha presença para me confiar o espetáculo de sua morte.

Sofro intensamente essas impressões. Sempre que me foi possível evitei a contemplação de um cadáver. Para mim, um morto é algo muito diferente de um corpo que simplesmente acaba de perder a vida. É outra coisa, matéria horrivelmente inerte, amarela, gelada, que lembra horrivelmente alguém que conhecíamos. Assim se compreenderá meu desgosto ante o brutal e gratuito quadro com que me homenageara o desconfiado funcionário.

O resto da manhã permaneci em casa, ouvindo as idas e vindas dos cavalos a galope. Mais tarde, perto do meio-dia, vi passar um carro de passeio puxado por três mulas a trote largo e nele iam Elena e seu pai, em pé e aos solavancos, agarrados nos taipais.

Ignoro por que a polaquinha demorou tanto para ir ver seu defunto marido. Talvez o pai tenha arranjado as coisas desse modo: viagem de ida com a viúva no carro e a volta no mesmo carro com o morto aos sacolejos no piso. Assim se gastava menos.

Isso eu notei quando, no regresso, Grande Coração fez parar o carro na frente da minha casa e conversou comigo, gesticulando muito.

– Ah, senhor! Que coisa! Nunca tivemos em Misiones um juiz como ele! Era um homem bom! Grande coração ele tinha! E roubaram tudo dele. Aqui mesmo no porto... Não tem dinheiro, não tem nada.

E na dança de seus olhos, que evitavam me olhar, compreendi a ingente preocupação do polaco, que como nós duvidava do golpe de Buenos Aires, e preferia acreditar que seu genro fora roubado no próprio porto, antes ou depois de ter morrido.

– Ah, senhor! – e balançava a cabeça. – Ele tinha quinhentos pesos. E o que gastou? Nada, senhor, tinha um grande coração. E ficou só com vinte pesos. Como pode?

E tornava a fixar o olhar em minhas botas, evitando levantar os olhos para os bolsos das minhas calças, onde poderia estar o dinheiro de seu genro. Fiz-lhe ver com jeito a impossibilidade de que eu fosse o ladrão – até por falta de tempo – e o velho fuinha foi-se embora falando sozinho.

O resto desta história é um pesadelo de dez horas. O enterro era na mesma tarde, ao cair do sol. Pouco antes veio à minha casa a filha maior de Elena para pedir, de parte da mãe, que eu tirasse um retrato do juiz. Eu não conseguia apagar da minha retina a imagem daquele homem deixando cair a mandíbula e fixando o olhar, para sempre, no teto de zinco, para que eu não tivesse dúvidas de que não podia mover-se mais por estar morto. E agora tinha de vê-lo novamente, reconsiderá-lo, focalizá-lo e revelá-lo em minha câmara escura.

Mas como privar Elena de um retrato do marido, o único que teria dele?

Carreguei a máquina com duas placas e fui à casa mortuária. Meu carpinteiro zarolho tinha confeccionado um caixão, todo ele de ângulos retos, e dentro estava metido o juiz – sem que sobrasse um centímetro na cabeça e nos pés –, com as mãos verdes cruzadas à força sobre o peito.

Foi preciso tirar o ataúde da peça escura do juizado e colocá-lo em posição quase vertical no corredor cheio de gente, sustentado na cabeceira pelos peões. E eu, debaixo do pano preto, tive de empapar meus nervos superexcitados naquela boca entreaberta de fundo mais negro do que a própria morte, na mandíbula retraída que deixava o espaço de um dedo entre as duas arcadas dentárias, nos olhos de vidro opaco sob as pestanas como glutinosas e inchadas, em toda a crispatura daquela brutal caricatura de homem.

Elena trouxe os filhos à força para beijar o pai. O menino, de arrasto pelo chão, resistia com um tremendo alarido. A menina beijou o pai, agarrada e empurrada pelas costas, mas com um horror tal diante daquela pavorosa coisa em que queriam que visse o pai, que hoje em dia, se ainda viver, há de recordar a cena com o mesmo horror.

Já entardecia e o caixão foi pregado às pressas.

Eu não pensava ir ao cemitério, mas fui, por Elena. A pobre moça seguia atrás do carrinho de bois, entre seus filhos, uma das mãos puxando o menino, que gritou o tempo todo, e carregando no outro braço o caçula de oito meses. Como o trajeto era longo e os bois iam a passo, trocou várias vezes o braço cansado com a mesma e pronta disposição. Mais atrás, Grande Coração recorria o séquito, choramingando para cada acompanhante o roubo cometido.

Foi baixado o caixão na cova recém-aberta e povoada de enormes formigas que subiam pelas paredes. Os vizinhos contribuíram para o paleio dos coveiros com mancheias de terra úmida e não faltou quem pusesse um caridoso punhado nas mãos da órfã. Mas Elena, que embalava o caçula, desgrenhada, acorreu em desespero para impedir:

– Não, Elenita! Não atira terra em cima do teu pai!

A fúnebre cerimônia terminou, mas não para mim. Deixava passar as horas sem que me animasse a entrar no quarto escuro. Acabei entrando, lá pela meia-noite. Não haveria nada de extraordinário se fosse uma situação normal de nervos em calma. A questão é que eu devia fazer reviver o sujeito já enterrado que eu via em todas as partes, devia me encerrar com ele, sozinhos os dois numa apertadíssima treva. E o vi surgir pouco a pouco diante de meus olhos, a entreabrir a boca negra em meus dedos molhados. Tive de agitá-lo na bacia para que despertasse da cova e se fixasse diante de mim na outra placa sensível de meu horror.

Mas consegui terminar. Ao sair para fora, a ampla noite me deu a impressão de um amanhecer carregado de motivos de vida e de esperanças que havia esquecido. A dois passos, as bananeiras deixavam cair sobre a terra as gotas de suas grandes folhas pesadas de umidade. Mais longe, depois da ponte, a mandioca tostada se erguia, por fim erétil, perlada de sereno. Mais longe ainda, no vale que descia para o rio, uma vaga névoa envolvia a plantação de erva-mate, levantava-se sobre o bosque, para confundir-se lá embaixo com os espessos vapores do tépido Paraná.

Tudo isso me era bem conhecido, era a minha vida real. E caminhando de um lado para outro, esperei tranqüilamente o dia para recomeçá-la.

POSFÁCIO

Pablo Rocca

Este volume recolhe meia dúzia de contos de Horacio Quiroga, escolhidos entre quase duzentos publicados pelo escritor uruguaio que passou a viver na Argentina por volta de 1901. Todos foram veiculados em revistas de atualidades muito populares, entre julho de 1907 (*O travesseiro de penas*) e o mesmo mês de 1921 (*O espectro*).[1]

Mais de uma vez se discutiu sobre esse sistema de trabalho narrativo de Quiroga, e ele mesmo, em vários artigos, encarregou-se de deixar saborosas pistas. Por exemplo, em "La crisis del cuento nacional" (*La Nación*. Buenos Aires, 11 mar. 1928), recordou que o secretário de redação de *Caras y Caretas* – revista na qual já contabilizava duas décadas de ativa colaboração – exigira-lhe que redigisse "o conto breve com um grau inaudito de severidade (...) numa só e exígua página. Melhor ainda: em 1256 palavras". Esse duro sacrifício de quem recebia um magro pagamento acabou por render fabulosos dividendos à sua estética, já que muito cedo se obrigou a assumir que um conto significa algo mais do que narrar um

---

[1]. Todos, sem exceção, foram incluídos pelo autor em diversos livros: "A galinha degolada", "O mel silvestre", "O solitário" e "O travesseiro de penas" em *Cuentos de amor, de locura y de muerte* (1917), "O espectro" em *El desierto* (1924) e "A câmara escura" em *Los desterrados* (1926).

conjunto de acontecimentos. Logo descobriu que se trata de um dispositivo verbal no qual a forma (isto é, todos os mecanismos de disposição da linguagem) cumpre um papel decisivo em sua eficácia comunicativa e sua capacidade de representação.

Com relatos como os desta antologia, Horacio Quiroga modernizou o gênero em castelhano e imaginou um *modelo retórico* que afinal se impôs. Trata-se do mesmo modelo que, em inglês, foi pensado e praticado por seus mestres Edgar Allan Poe ou Bret Harte: aquele que elimina os elementos acessórios do relato, sopesando o efeito e a potência expressiva de cada uma das palavras em espaço tão avaro; aquele que afere o funcionamento das distintas peças que estruturam a história. Em princípio, isso explica por quê, ao transferir seus contos da revista para o livro, continuou polindo sua eficácia expressiva, tendendo, em regra, a uma maior austeridade e concentração narrativa.

Por outro lado, escrever para os magazines permitiu-lhe tomar o pulso cotidiano da modernização e dos desajustes que ela produziu nessas regiões da América Latina, na época em que se povoa de imigrantes, máquinas, ideologias e contradições sociais. Os contos urbanos de todas as fases de Quiroga, especialmente os da última – que se inicia em torno de 1920 –, deixam entrever a sedução pelos avanços da ciência e da técnica. Veja-se, por exemplo, "O espectro", onde a vida se apresenta como um jogo de ilusões macabras e o cinema funciona como cenografia e como recurso vanguardista (mudanças de posição no ponto de vista narrativo, emprego do *racconto*, saltos no tempo etc.). Em troca, nos relatos ambientados no meio "natural", no deserto chaquenho ou na selva missioneira (territórios onde Quiroga viveu longos anos), a vida é um rumor insignificante e por ela é preciso que se lute até o limite das forças (*O mel silvestre*). Em certo sentido, também ali a vida é um acidente passageiro, cuja única possibilidade de se perpetuar está numa imagem, numa caricatura, numa careta como aquela da fotografia em "A câmara escura".

O horror é uma das marcas mais visíveis, proporcionando-lhe uma aceitação constante entre públicos de várias gerações. E é precisamente dita linha que predomina nesta seleção.

Alguém que bem conhecia tal experiência, um contemporâneo estrito de Quiroga, o norte-americano H. P. Lovecraft (1890-1937), assegurou que "a emoção mais antiga e mais intensa da humanidade é o medo, e o mais antigo e mais intenso dos medos é o medo do desconhecido" (*Supernatural horror in literature*, 1939). Quiroga tomou de Poe o gosto pela produção dos relatos de horror, mas, à diferença do admirado mestre de sua juventude, o rio-platense descartou os ingredientes clássicos do relato gótico (castelos medievais, cavalos que saltam dos quadros, grandes mansões que afundam), apropriando-se, no entanto, do clima e até do detalhe mórbido ou do recurso do "achado macabro". Nos contos em que leva essa prática ao extremo, como em *A galinha degolada*, *O travesseiro de penas* e *O solitário*, há um nó muito forte, muito bem atado que, com outras variações, estende-se por toda a sua obra: a relação causa-conseqüência entre o amor frustrado e a morte. Esse enlace se opera numa sociedade conquistada pelo capitalismo moderno – que condena os seres humanos à solidão, à incompreensão e à violência – e está presente em qualquer dos relatos mencionados, inclusive em *O mel silvestre*, onde a soberba e o excesso de amor-próprio do personagem o impelem para aquela paradoxal morte "doce", impiedosa ironia que vê a natureza como um espaço sagrado, inviolável, do qual o homem deve se aproximar com veneração e humildade.

Com maior crueza, em *O travesseiro de penas* a falta de amor em que se resume a indiferença do mui burguês Jordán gera uma grave melancolia em Alicia, sua mulher, e logo um surpreendente fenômeno que consome a vida dela. Em *O solitário*, a ambição desmedida da mulher faz com que o marido trabalhe sem descanso, para satisfazer uma vingança. *A galinha degolada* é uma interrogação sobre a hereditariedade, a força do sangue e os direitos dos mais fracos. Situações desse tipo levaram o escritor e crítico argentino Ricardo Piglia a pensar que, em muitos contos de Quiroga, há uma "poética chocante e melodramática que está ligada ao que poderíamos chamar de consumo popular de emoções". Mas, embora valendo-se dos fantasmas, dos temores e até das superstições do público de massas de seu tempo, que vigiou e alimentou desde os magazines, Quiroga pôde dar respostas singulares acerca das camadas mais obscuras da natureza humana.

HEROÍSMOS
(BIOGRAFIAS EXEMPLARES)

Tradução e notas de
Sergio Faraco

APRESENTAÇÃO

Pablo Rocca

Em 27 de fevereiro de 1927, a revista portenha *Caras y Caretas*, na qual Horacio Quiroga colaborava desde 1905, começou a publicar uma curiosa série de artigos. Uma breve nota de um anônimo redator, encimando o texto inaugural, *Os heroísmos*, assim apresentava a série: "Horacio Quiroga, nosso magistral colaborador, faz aqui o prólogo de uma série de biografias exemplares que serão saboreadas semanalmente pelos leitores de *Caras y Caretas*". A publicação dos artigos não foi feita com a regularidade prometida. O vigésimo e último texto só foi aparecer nove meses depois, a 26 de novembro do mesmo ano. Acrescente-se que, a rigor, não são biografias resumidas, como aparentemente Quiroga pensara fazer. Alguns textos preferem explorar episódios isolados da uma vida "exemplar" ou de um conjunto de homens que levou a cabo uma missão ou tarefa extraordinária. No entanto, a diversidade de épocas, personagens e "ofícios" que abarcam, a notória qualidade literária do autor e a representatividade das idéias expostas justificam plenamente que estas notas sejam resgatadas do esquecimento.*

---

* A tradução de *Heroísmos: biografias exemplares* foi feita a partir de ROCCA, Pablo. *Horacio Quiroga: el escritor y el mito*. Montevideo: Ediciones de la Banda Oriental, 1996. Dos vinte

textos escritos por Horacio Quiroga, foram aproveitados dezoito, suprimindo-se aqueles em que as personagens são anônimas. A ordem de apresentação corresponde à seqüência em que foram publicados na revista *Caras y Caretas*.

OS HEROÍSMOS

Há um momento na vida em que as circunstâncias colocam o homem diante de um precipício que deve saltar – ele que não saltara nunca; ou na entrada de um túnel tomado pelas chamas – ele que nunca resistira aos primeiros calores; ou às portas de uma cidade devastada por uma epidemia – ele que sempre evitara qualquer contágio.

Estas circunstâncias, prematuras para alguns, tardias para outros, mas sempre inevitáveis, determinam o destino de toda uma vida.

O homem de têmpera mediana, o homem normal, equilibrado como uma balança, judicioso e previdente, o homem-tipo que somos todos nós, este homem vira as costas ao precipício que lhe custaria a vida, afasta-se das chamas que o fariam arder e foge dos moribundos que o arrastariam na mesma agonia.

Aquele que escolhe o outro caminho não ignora que morrerá no profundo abismo, no túnel abrasado, na cidade agônica, mas, apesar dessa certeza, tem um só pensamento: *deve* fazê-lo.

Este sentimento do dever, este impulso do destino que se antepõe à razão, ao siso, à comodidade e ao bem-estar que facilitam viver, constitui, posto em ação, o heroísmo.

Muitas vezes se usou a palavra *artista* para qualificar certas ações ou idéias de viva exaltação. Nada mais justo. A têmpera de uma alma é dimensionada na razão direta do teor de poesia que ela encerra.

Não há de ser um prosaico e calculista indivíduo que verterá as gotas de seu sangue, dia após dia, nos esconsos de uma selva misteriosa que o devora, sem outro objetivo ou outro lucro que a realização, em troca de sua vida, do grande poema do desconhecido.

Não há de ser um gélido administrador da própria existência o biólogo que, não podendo provar a eficácia de suas teorias, abre as portas de suas veias ao vírus da uma enfermidade mortal.

Não há de ser um devoto do bem-estar o ceramista que, durante vinte anos, lançou ao forno sua fortuna e seus móveis, e que no fogo quase extinto lança, por fim, as camas da esposa e dos filhos, para obter nesse trágico ensaio final o esmalte que o imortaliza.

Não há de ser tampouco cioso de sua comodidade e seu deleite o artista misérrimo que, depois de trinta anos, ainda se nega a vender sua pena ou seu pincel, embora a vida sempre se lhe depare entre dois pólos: a pequena luz do ideal e o morrer de fome.

São eles – e com eles os poetas da ciência, da invenção, da moral, do sacrifício e da arte – que conduzem a humanidade além do estrito limite do bem-estar animal e que um dia serão reconhecidos como os responsáveis pelo melhor destino de nossas vidas.

ROBERT SCOTT[1]

Expedição ao Pólo Sul em 1912

A atitude de Scott diante do dever de concluir triunfalmente uma expedição, na qual sua pátria empregara a alma, e do dever menor de não abandonar no caminho um companheiro moribundo, até hoje não foi superada por herói algum.

Digo mal: o heroísmo é um só, absoluto e realizado totalmente em si mesmo, seja qual for a causa que o deflagra. O ato heróico não se define por suas conseqüências, mas pela adesão incondicional da fé a um sentimento puro. Scott poderia ter-se salvado, conquanto estivesse convicto de que a glória da pátria, o orgulho da façanha e o amor da família não haviam de pesar em seu coração mais do que a vida de um irmão de infortúnio. Pouco ou nada lhe custava fechar os olhos à visão de mais um companheiro que tombava. A um quilômetro escasso estavam a vida, a saúde, o triunfo, a glória. Ele ainda tinha forças para alcançar o posto de abastecimento. O companheiro, não. Scott permaneceu ao seu lado e morreu com ele.

A expedição de Scott ao Pólo Sul foi uma sucessão de desgraças do começo ao fim. Jamais a fatalidade conduziu uma empresa ao desastre com mais inexorável mão de ferro.

---

1. Robert Falcon Scott, explorador inglês (Devonport, 1868 - Antártida, 1912).

Em primeiro lugar, a rota polar, laboriosamente estudada por Scott, dir-se-ia uma propriedade sua, da qual se aproveitou para triunfar – diz-se que com não muitos escrúpulos – outro explorador bafejado pela sorte. Em seguida, o fracasso dos pôneis de tiro[2]. Adiante, a hostilidade sem tréguas do tempo, os acasos convertidos em bússola mortal, o inesperado e o sem remédio a cada instante de uma noite varrida constantemente por ventos à velocidade *média* de 120 km horários.

E finalmente a chegada ao Pólo Sul[3], para encontrar içada, com antecedência de alguns dias, a bandeira de Amundsen.[4]

O regresso não foi menos amargo.

Era razoável crer que a fatalidade não mais se abateria sobre uma expedição vencida e destroçada. Mas não foi assim. As fadigas e as carências são tamanhas que, tirante Scott, os raros sobreviventes adoecem. O chefe da expedição, apesar dos protestos, detém-se. Um dos enfermos, não podendo convencer Scott de que deve persistir na marcha, afasta-se dos demais e não retorna: suicida-se com um tiro, para livrar a expedição do peso que representa.[5]

Sem recorrer a tal extremo, os outros doentes vão morrendo e chega o momento em que Scott fica com um único companheiro, ambos em estado de

---

2. Que transportavam a carga.

3. No dia 18 de janeiro de 1912.

4. Roald Amundsen, explorador norueguês (1872-1928), chegou ao Pólo Sul em 14 de dezembro de 1911.

5. L. E. G. Oates se suicidou no dia 17 de março de 1912.

extrema fraqueza[6]. Arrastando-se, conseguem chegar a mil metros do posto de abastecimento[7], onde estão os alimentos, o fogo, a indescritível ventura de recuperar a vida.

Scott ainda conserva energia para, sozinho, chegar ao posto. O moribundo sabe disso e, emocionado, pede a Scott que prossiga, que se salve. Scott, no entanto, *sente* que não pode abandonar um amigo e simplesmente salvar a pele, e fica ao lado dele, a morrer de fome e frio[8].

Quando, por fim, chega a expedição de salvamento, encontra-o deitado, já sem vida, ainda com a caneta na mão. Na carta que deixa inacabada pede ao governo de seu país que cuide de sua esposa e de suas filhas, pois não lhes deixava bem algum.[9]

Grande Scott! Seu gesto nos redime de umas quantas iniqüidades cometidas em nome da glória.

---

6. Na verdade, eram três os sobreviventes: Scott, E. A. Wilson e H. R. Bowers.

7. Ficaram detidos por uma tempestade de neve, a 10 milhas do próximo posto de abastecimento.

8. A morte de Scott, Wilson e Bowers ocorreu no final de março, provavelmente no dia 27.

9. O grupo de resgate só conseguiu chegar à tenda de Scott no dia 12 de novembro de 1912, isto é, mais de sete meses depois de sua morte.

LOUIS PASTEUR[10]

Biólogo francês

A medicina moderna oferece o curioso aspecto de se assentar nos descobrimentos de um homem que não foi médico e tampouco estudou especialmente a medicina.

Pasteur é o mais alto exemplo do pesquisador isento de qualquer ambição que não seja aquela, puríssima, de descobrir e inventar, pois este é seu destino e tão-só para tal destino converge seu gênio.

Um episódio narrado pelo grande entomologista Fabre[11] pode dar uma idéia de como agiram sobre Pasteur, inapelavelmente, as forças cegas da investigação.

Pasteur já descobrira os mistérios e a origem das fermentações – poder-se-ia dizer de toda a patologia microbiana – quando seu concurso foi solicitado pelos sericultores do sul da França, que viam seus bichos-da-seda dizimados por uma grande peste. Pasteur foi até lá, sendo recebido por Fabre e informado sobre a praga em questão. Estavam ambos no escritório de Fabre e, enquanto o entomologista falava, Pasteur, sem dar maior atenção ao discurso do outro, observava um par de objetos estranhos, arredondados, que estavam sobre a mesa. Mexia e remexia nos objetos, até que, picado pela curio-

---
10. Biólogo francês (Dole, 1822 - Villeneuve-l'Étang, 1895).
11. Jean Henri Fabre, entomologista francês (1827-1898).

sidade, perguntou a Fabre o que era aquilo. Fabre interrompeu sua explanação e olhou para Pasteur.

Registre-se: Pasteur, naquele momento, era considerado o maior sábio francês e talvez o maior do mundo. Era professor de Química, doutor em Ciências Físicas, decano da Faculdade de Ciências de Lille, diretor do departamento científico da Escola Normal de Paris, membro da Academia Francesa de Ciências etc. Compreenda-se, então, o espanto de Fabre diante da pergunta, vinda de quem vinha.

– São casulos, mestre – disse Fabre, num murmúrio. – Casulos de seda...

– Ah, *voilá* – exclamou Pasteur, erguendo para o entomologista seus surpresos e grandes olhos de míope.

E mais intrigado ainda, examinou de novo os casulos, levando-os ao ouvido e agitando-os.

– Há qualquer coisa aqui dentro!

– Sim, mestre – gaguejou Fabre, que naquele momento teria preferido estar longe dali. – São as crisálidas do bicho-da-seda.

– *Voilá*! – repetiu Pasteur, feliz como uma criança e fazendo soar novamente o casulo ao ouvido.

Este homem, doutor em tudo que já se sabe, nunca tinha visto um casulo de bicho-da-seda e nem se lembrava de sua biologia, e manifestou o curioso interesse com uma ingenuidade tão grande como sua alma. Assim é o gênio de um homem de coração puro. Escusado é recordar que, meses depois, Pasteur descobriu a origem e o tratamento curativo da praga que dizimava os bichos-da-seda.[12]

---

12. Em 1865.

Veja-se agora como atuou esse coração com um ser que era algo mais do que um bicho-da-seda.

Mais tarde, Pasteur chegou a conclusões experimentais definitivas sobre o tratamento da raiva, mas ainda não se animara a tratar seres humanos com inoculações medulares. Em 6 de julho de 1885 apresentaram-lhe um menino com mordidas atrozes de um cão raivoso. Era tal o estado do cão e tal o aspecto das mordidas que a criança era dada por perdida, e Pasteur, face à gravidade quase fatal do caso, resolveu experimentar seu método.

Assim fez e ninguém teria sabido, se ele mesmo não tivesse contado, das preocupações, dos remorsos, das sensações de crime cometido, dos pesadelos que teve durante os quinze dias que durou o tratamento.

Como não abandonava o laboratório, não comia nem dormia, seus discípulos e amigos conseguiram levá-lo para fora de Paris, enquanto eles mesmos seguiam tratando do menino. Na Bretanha, onde se recluíra, e apesar das cartas e telegramas otimistas que recebia a toda hora, Pasteur via constantemente diante de si a criança em agonia, a censurá-lo por ter adquirido a doença através das inoculações.

Deve-se ter presente no que consiste o tratamento da raiva e que naquele momento era aplicado pela primeira vez num ser humano.

O menino se salvou, mas seu espectro acompanhou por muitos anos, nas horas de desalento, o homem que o salvara.

ROBERT FULTON[13]

A invenção do barco a vapor

A vocação equivocada é um fenômeno bastante comum. O que não é tão comum é fazer fortuna com o que é falso e sofrer as piores vicissitudes com o que é verdadeiro.

Se alguém parecia ter nascido com a paixão cega, tenaz e profunda pela arte, este alguém era Robert Fulton. Aprendiz de joalheiro, subitamente sente nascer sua vocação: será pintor. Com uma rapidez quase sem exemplos na história, domina de tal modo o lápis e o pincel que, quatro anos depois e com apenas vinte anos de idade, consegue comprar uma casa para a mãe viúva com a venda de seus retratos.

Na época (1785), os preços de uma pintura nem de longe se aproximavam dos que hoje são obtidos por uma má oleografia, e a mera sobrevivência através da arte, a satisfação das mínimas necessidades orgânicas, já era uma empresa arriscada, mas Fulton, aos vinte anos, não só a realiza como também assegura conforto e paz à velha mãe.

Se persistisse, pode-se supor, a gloriosa fortuna o acompanharia para sempre, mas um dia, após alguns anos de inquietações, Fulton percebe

---

13. Mecânico norte-americano (Little Britain [hoje Fulton], 1765 - Nova York, 1815).

que seu caminho é outro. Pensava que era pintor: é mecânico.

Depois dessa revelação sua vida se torna uma sucessão de frustrações e sofrimentos, e vão naufragando, uma por uma, suas ilusões. Durante dezenove anos corre de Londres a Paris, de Paris a Amsterdã, de Amsterdã a Paris e novamente a Londres, sem que ninguém, nem Bonaparte, nem o Instituto da França, nem as comissões nomeadas para o caso, dêem crédito aos planos de suas invenções.

Cansado, amargurado, sentindo-se velho aos trinta e nove anos, regressa a Nova York, supondo que para morrer. O congresso norte-americano, por piedade, concede-lhe cinco mil dólares para que prossiga seus estudos. Com essa ninharia consegue materializar seu sonho mecânico dos vinte anos e no dia 10 de agosto de 1807 o primeiro barco a vapor das águas do mundo desatraca dos molhes de Nova York, em meio à mais espantosa vaia com que jamais uma multidão quis desmoralizar um homem de gênio. O barco de Fulton – o *Clermont* – já tinha sido apelidado, desde a montagem da quilha, de *Loucura-Fulton*.

Pouco depois o *Clermont* inaugura uma linha regular entre Nova York e Albany. Na ida, ninguém se arrisca a viajar nele. Na volta, no momento em que o *Clermont* desamarra no cais de Albany, um homem embarca e, procurando alguém para pagar a passagem, encontra Fulton sozinho a bordo.

– Você não vai regressar a Nova York com seu barco? – pergunta o desconhecido.

– Sim – responde Fulton –, pretendo fazer isso.
– Pode me levar?
– Certamente.

O homem pergunta o preço da passagem. São seis dólares, que ele dá ao engenheiro. Fulton, imóvel, silencioso, contempla as seis moedas, e tão longamente o faz que o viajante, receando ter-se enganado, pergunta:

– Não é o que você disse?

Ao ouvi-lo, Fultou ergue os olhos marejados.

– Perdão. Você me ouviu bem. Eu apenas estava pensando que estas seis moedas são as primeiras que eu ganho nos últimos vinte anos... – e tomando alegremente as mãos do passageiro, acrescenta: – Gostaria muito de convidá-lo para beber e comemorar este acontecimento, mas sou muito pobre e não tenho o que lhe oferecer.

O resto não interessa. O incomum – talvez o comum, pensando melhor – é que um homem que poderia ter enriquecido na vocação errada não tenha conhecido senão misérias desde o instante em que se achou na possessão de seu gênio.[14]

---

14. Fulton inventou também o submarino e as minas submarinas.

HORACE WELLS[15]

A descoberta da anestesia geral

A primeira vítima do gênio costuma ser seu detentor. Ninguém possui tal capacidade de exaltação mental sem que possua também, por justo equilíbrio, uma profunda capacidade de depressão. A divina embriaguez do gênio só tem por igual, como estado comparável, as tremendas desesperanças das horas negras.

Horace Wells, dentista norte-americano, não era um gênio, mas teve a iluminação, a perseverança, as angústias e as misérias que o destino atribui com tanta liberalidade aos homens dessa espécie.

Humphry Davy[16], vinte anos antes, deslumbrara a Europa com o descobrimento do primeiro anestésico, e escrevera estas memoráveis palavras: "O protóxido de nitrogênio parece ter a propriedade de abolir a dor e pode ser útil nas intervenções cirúrgicas sem grande efusão de sangue".

Houve certa comoção do meio científico, mas ninguém pensou em sugerir e muito menos em utilizar aquilo que já estava comprovado.

---

15. Cirurgião-dentista norte americano (Hartford, 1815 - Nova York, 1848).

16. Químico e físico inglês (1778-1829), estudou a aplicação dos gases à medicina e fez experiências com o óxido nitroso, sendo o primeiro a respirá-lo, pondo em risco a própria vida.

Na sombra, estava Horace Wells. Subjugado pelo gênio de Davy, cujos descobrimentos se sucediam dia a dia, o dentista norte-americano estudou o protóxido de nitrogênio, preparou-o para fins clínicos e realizou num hospital de Boston, diante de numerosíssima assistência, a primeira experiência que se conhece em intervenções cirúrgicas.[17]

A operação era simples: a extração de um dente. Mas, por deficiências do laboratório, o gás não tinha a pureza necessária, e o paciente, ao sentir a força do boticão, começou a dar gritos – menos fortes, decerto, do que as gargalhadas e os assobios com que o público acolheu a experiência.

Em vão tentou Wells explicar o motivo do fracasso, e a multidão, com uma vaia ensurdecedora, seguiu-o até sua casa. Wells, corpo e alma em pedaços, adoeceu. Durante meses não teve consciência de seu estado. Quando recuperou a saúde, era apenas um pobre homem que havia lacrado a porta de seu laboratório e não acalentava uma única ilusão.

Nem ilusões, nem dinheiro, nem pacientes. Viveu vários anos na mais completa miséria, sem outra memória que a dos risos que haviam insultado sua fé em Humphry Davy.

No entanto, um médico que assistira a experiência de Wells pudera compreender sua dimensão, e

---

17. Em 1844, ano em que testou a eficácia do gás em sua própria pessoa. Não é verdade, porém, que tenha sido a primeira intervenção sob efeito anestésico. Em 30 de março de 1842 o médico norte-americano Crawford Long (1815-1878), usando éter, anestesiara com êxito um paciente para retirar um tumor no pescoço.

depois de testes feitos com mais vagar, tornou públicos os resultados, que desta vez foram aceitos.

Estava criada a anestesia operatória e logo o protóxido de nitrogênio era sucedido pelo éter e pelo clorofórmio.[18]

Tendo chegado aos ouvidos de Wells que, na Europa, Jackson e Morton[19] eram glorificados como inovadores do método, viajou para o Velho Continente – um espectro a reclamar seus direitos. Fez visitas, escreveu, explicou, rogou: tudo em vão, ninguém acreditou. Horace Wells, sua visão profética, seu entusiasmo, sua experiência, seu erro – tudo isso estava definitivamente morto e esquecido.

Quando a humanidade se empenha até esse ponto em ser atroz, nada resta à vítima senão morrer. Wells abreviou essa agonia cortando as veias, enquanto aspirava éter, o anestésico que sucedera o seu.

Coisas tristes, por certo. Não abundam os cristos e tampouco seus apóstolos para lhes negar, a um, a sua cruz, a outros, a fé nela.

---

18. O primeiro médico especializado em anestesia se chamou John Snow e se tornou célebre em 1853, quando usou clorofórmio para anestesiar a Rainha Victoria, por ocasião do nascimento de um filho. Daí surgiu a expressão *anesthésie à la reine*.

19. William Thomas Green Morton, dentista norte-americano (1819-1868), foi discípulo de Wells e, junto com Charles T. Jackson (1805-1880), fez suas primeiras experiências com éter em cães. A demonstração pública que patrocinou das propriedades do éter teve lugar em Boston, no Massachusetts General Hospital, em 16 de outubro de 1846.

RENÉ CAILLÉ[20]

Explorador da África

A intensidade de uma vocação está quase sempre na razão direta dos sofrimentos que o destino antepõe a quem a sente com tal exaltação. Os grandes tormentos, geralmente, não acossam os seres débeis, que seriam destroçados no primeiro embate. Eles parecem escolher criteriosamente a vítima, analisando-lhe o vigor, desprezando centenas ou milhares de outras vítimas para se fixar naquela cuja têmpera incomum lhes promete uma heróica resistência.

Até os quinze anos René Caillé foi um menino como outro qualquer, com um futuro que seria igual ao da maioria. Nessa idade, porém, cai em suas mãos ociosas um livro que todo mundo leu e que levou todo mundo a sonhar: *Robinson Crusoé*.[21]

Mas o menino Caillé vai além do sonho. É a influência que a simples leitura de um livro de viagens pode exercer sobre uma criança iluminada desde o nascimento pela fulgente e cruel estrela do explorador.

Sendo muito pobre, economiza, em detrimento de suas vestes e da própria alimentação, o dinheiro necessário para comprar livros e mapas das regiões

---

20. René Auguste Caillé ou Caillié, viajante francês (Mauzé, 1799 - La Baderre, 1838).

21. Da autoria de Daniel Defoe, escritor inglês (1719).

tropicais. E não se satisfaz com isso. No ano seguinte embarca como grumete num navio que parte para o Senegal. Ali, une-se a três ou quatro negros que se internam no deserto para conseguir trabalho como carregadores de Gray, que está organizando uma expedição. Caillé não é aceito e viaja para as Antilhas, onde permanece seis meses[22]. De volta à França, torna a embarcar para o Senegal. Essa região, já se vê, é seu objetivo. Oferece novamente seus serviços, sem remuneração, a um tenente de Gray que vem ao litoral, e desta vez é aceito. A expedição de Gray termina em desastre. Caillé, abatido pela febre, consegue retornar à costa do Senegal e logo à França. Restabelecido, regressa mais uma vez ao Senegal, internando-se na região para estudar seus idiomas e costumes. De novo na França, perde um ano, doente. Já quase sem esperanças, aceita dirigir uma fábrica de anil, mas economiza o que pode e, de posse de alguns recursos, organiza uma expedição para a conquista de Tombuctu, a velha e misteriosa cidade do centro da África, que desde muitos séculos era a meta mágica dos exploradores do Saara.[23]

A expedição comandada por Caillé tem apenas três membros: ele e dois negros[24]. Este miserável pelotão, no entanto, consegue alcançar Tombuctu, depois de muitos sofrimentos. Na interminável travessia dos banhados do Rio Níger, os pés de Caillé se abrem em chagas espantosas. E logo vê-se atacado pelo escorbuto.

---

22. Em Guadalupe.

23. Hoje uma cidade do Mali.

24. Partiu a expedição a 19 de abril de 1827.

"Meu céu da boca", ele conta, "estava em carne viva. [Alguns] de seus ossos se desprenderam e caíram. Meus dentes mal se sustentavam nos alvéolos. Meus padecimentos eram tão grandes que temia perder a razão por força das dores que sentia na cabeça. Durante quinze dias não pude dormir um só instante".

Mas prossegue, alcança Tombuctu[25]. Pouco depois fica sabendo que uma caravana vai partir dali, rumo ao norte da África. Fazendo-se passar por um europeu renegado (ardil que usou ao longo de toda a viagem), recebe permissão de acompanhá-la.[26] Os tormentos de sua doença, do simum e da sede são menos cruéis do que as torturas físicas e morais a que é submetido pelos mouros e seus escravos. Não cessam de insultá-lo. E um dia, quando cai de seu camelo e tenta montá-lo, derrubam-no novamente a pedradas, entre risos de escárnio.

A caravana chega, por fim, à costa do Mediterrâneo. O cônsul da França, ao qual Caillé se apresenta, desconfia dele e se nega a repatriá-lo. Abandonado e sem recursos de qualquer espécie numa cidade muçulmana, Caillé vive da caridade dos mouros, que raramente deixam de lhe lançar restos de alimentos ao rosto.

Mas tudo tem seu fim e um dia, disfarçado de marinheiro, Caillé pisa o solo francês.

O que impressiona nesta epopéia é que o realizador da mais admirável viagem pela geografia da

---

25. A 20 de abril de 1828.

26. Partiu no dia 4 de maio, permanecendo em Tombuctu, portanto, apenas duas semanas.

África tenha sido protagonista de tal façanha com apenas 28 anos e praticamente sozinho, sempre desprezado, rechaçado, negado, sem auxílio de qualquer natureza e sem a proteção de qualquer governo.[27]

---

27. De volta à França, Caillé recebeu um prêmio da Sociedade Geográfica de Paris e a Ordem da Legião de Honra. Dois anos depois, às expensas do estado, foi publicado o seu livro de viagens: *Journal d'un voyage à Timbuktu et à Jenné dans l'Afrique Centrale*. Paris: E. F. Jomard, 1830. 3v. Em 1903, o governo francês de ocupação mandou afixar uma placa na casa que, por duas semanas, Caillé ocupou em Tombuctu.

RICHARD LANDER[28]

Explorando o Rio Níger

O caudal do Rio Níger, muito superior ao do Nilo, faz dele o segundo entre os grandes rios africanos. A linha singularíssima de seu curso enganou de tal modo os exploradores que, em 1830, ainda se acreditava que o baixo Níger e o baixo Congo eram uma só corrente.

Em 1825 o grande Clapperton[29] empreendeu uma expedição que, iniciando-se com a morte de dois companheiros nos primeiros dezoito dias de exploração[30], foi interrompida por sua própria morte, dois anos depois, em plena selva africana[31]. Um empregado de Clapperton, Richard Lander, tornou-se o líder de uma expedição destroçada, e ao cabo de inúmeras vicissitudes logrou arrastar até a costa o que sobrava dela.

Este Lander era um modesto tipógrafo de vida tranqüila e sedentária. Impelido não se sabe pelo quê, oferecera-se para trabalhar como criado de

---

28. Richard Lemon Lander, explorador inglês (Cornwall,1804 - Fernando Pó [atual Macias Nguema Biyogo, ilha do Golfo da Guiné], 1834).

29. Hugh Clapperton, explorador escocês (1788-1827).

30. A expedição partiu no ano indicado, a 7 de dezembro. Morrison e Pierce morreram em fevereiro.

31. Em 13 de abril de 1827.

Clapperton, que o levara consigo em sua segunda expedição, cujo fim já conhecemos. Era de se pensar que, à vista dos tormentos sofridos, o ex-tipógrafo viesse a passar o resto de seus dias em casa, entre suas recordações de horror.

Não fez isso.

Lander retorna à África[32], avança para seu interior e, numa piroga, lança-se às águas do Rio Níger para explorá-lo até a foz.

Não têm fim as demoras e os percalços dessa viagem, através da região mais insalubre que os europeus então conhecem. Todos os reis e reizinhos das paragens banhadas pelo Níger parecem ter conspirado para deter, interrogar, roubar, prender e torturar Lander e seus companheiros.

Em sua descida pelo Níger, um atrás do outro os reis locais o impedem de seguir: devolvem a piroga de dia e tornam a furtá-la durante a noite, ou devolvem a piroga e não devolvem os remos. Como objeto de troca – algo mais indispensável do que o pão – resta à expedição apenas uma coleção de "agulhas muito finas, para não cortar o fio". Lander vê-se obrigado a dançar com um rei de cem anos que, manco e de muleta, saltita com o furor da juventude. A expedição perde todos os seus tesouros de observação. Lander e seus companheiros só conseguem chegar ao delta do Níger na condição de escravos e logo são postos à venda no mercado negreiro da costa.

Naquele momento está fundeado na embocadura do Níger um navio inglês. O proprietário dos

---

32. Foi enviado pelo governo inglês, que desejava fixar o curso do baixo Níger. Viajou com o irmão, John Lander (1807-1839).

escravos propõe trocar o grupo por quinquilharias equivalentes a quarenta negros, mais um barril de rum.

Emocionado, Lander embarca no bergantim inglês. Pouco lhe resta de humano ou de europeu, salvo o esqueleto. O capitão do barco se nega categoricamente a comprar aquilo que um dia fora um homem. Diante dos papéis do Almirantado que Lander apresenta, explode: certamente são roubados e ele, capitão, não é um louco ou um imbecil para crer naquilo. E mais: não dará um tostão por Lander.

Lander insiste, implora, beija a mão do compatriota. Este responde com insultos e se prepara para zarpar. Lander, em desespero, é levado para a terra.

O capitão, no entanto, pensa melhor. Concluindo que os parceiros de Lander poderiam substituir uma parte da tripulação extenuada pelas febres, decide, por fim, trocar a glória da exploração do Níger pelo barril de rum.[33]

---

33. A história da expedição foi narrada por Lander em *Journal of an expedition to explore the course and termination of the Niger* (1832), em 3 v.

BERNARD PALISSY[34]

O segredo dos esmaltes

Bernard Palissy foi um daqueles homens de vasta influência na civilização cuja data de morte se ignora. Em regra, o que acontece com quem, em sua época, teve uma vida obscura? A posteridade se apressa em lhe conferir, na história heróica da raça humana, um lugar especial. Erige sua estátua, dá seu nome a uma praça e proporciona uma disputa acerca do lugar de seu nascimento e de sua morte. E a dívida está paga.

O que se paga, na verdade, é a dívida da glória e da vaidade do país que o viu nascer. Porque a conta da incompreensão contemporânea, dos padecimentos, das misérias sofridas por aquele homem durante vinte, trinta, cinqüenta anos em que arrastou sua penosa vida de herói, essa conta ficará eternamente sem pagar.

Palissy exercera até os quarenta anos diversos ofícios, sem se destacar em nenhum deles. Não conseguira nem sequer uma boa situação econômica. Tinha justamente quarenta anos quando, por acaso, teve entre as mãos um jarrão de barro cozido e esmaltado.

---

34. Ceramista, esmaltador, pintor, vidreiro francês (Lacapelle-Biron, c. 1510 - Paris, c. 1590). Foi também agrônomo, geólogo, químico e escritor. Seus livros eram muito admirados por Anatole France.

Nessa época – meados do século XVI –, os italianos tinham dado um gigantesco passo na arte da cerâmica, mas a França ainda estava na infância dos esmaltes.

Sozinho entre seus compatriotas e durante quinze anos contínuos, sem trégua nem desfalecimento, sem retroceder em momento algum e sem afastar-se um milímetro de seu ideal, Palissy abrasou sua vida nos fornos para lhes arrancar o segredo dos esmaltes. Ele só, sem ajuda ou estímulo de quem quer que fosse, nem mesmo de sua mulher, que não fazia outra coisa senão lançar-lhe ao rosto aquela loucura que os privava até do pão, enquanto os filhos, de tenra idade, viviam a chorar de fome e frio.

Os vizinhos falavam mal dele e mais de uma vez provocaram a intervenção das autoridades. E Palissy sempre diante de seu forno, alimentando, pulverizando, cozinhando, examinando suas amostras. E nada! Os esmaltes obtidos não eram os que procurava e sonhava.

Ao fim de quinze anos, chegou a hora em que o ceramista julgou ter encontrado a divina pedra filosofal da cor. Em sua casa já não havia lenha nem dinheiro. Lançou ao forno os móveis da casa – as mesas e as cadeiras. O fogo, sustentando-se por algumas horas, voltou a cair. Lançou então as camas de seus filhos e todas as tábuas do piso, sem nada sentir, arrebatado por aquele sonho que não lhe consentia ouvir os insultos dos vizinhos, as maldições da esposa e o choro dos filhos.

Mas com a última labareda daquele fogo mantido durante quinze anos, que lhe consumira a vida, a casa, o amor da família e o respeito de todos, Palissy arremessou sua pátria cem anos à frente na arte da cerâmica.

Este homem extraordinário morreu acorrentado na Bastilha, não se sabe exatamente quando.[35]

---

35. Deu-se sua prisão, em 1588, por motivos religiosos. É verdade que teve grandes dificuldades financeiras, mas, após decifrar o segredo da faiança esmaltada, passou a receber encomendas da nobreza da França e tornou-se protegido de Catarina de Médicis, daí porque, sendo protestante, escapou do massacre da Noite de São Bartolomeu. Foi distinguido com um título honorífico e um ateliê no Louvre. Suas obras de cerâmica, ainda hoje, estão expostas em grandes museus do mundo, como o Louvre e o British Museum.

LOPE DE AGUIRRE[36]

A jornada do Marañon[37]

Assim se costuma chamar a grande expedição organizada pelo vice-rei do Peru, em 1559, para descobrir o Eldorado[38]. A viagem se iniciou nas nascentes do Rio Amazonas e continuou por ele ao longo de cinco mil quilômetros, até a embocadura, assolada por uma série de infortúnios mais dolorosos do que os vividos pelo próprio Orellana, explorador do grande rio.

Formavam a expedição trezentos e cinqüenta espanhóis, a metade era de aventureiros da pior espécie. Suas amásias negras e índias e seus escravos negros e índios faziam com que o total chegasse a mil. Contavam-se também trezentos cavalos, além de armas e apetrechos de guerra em profusão.

Às margens do Marañon foram construídos doze grandes barcos, mas, por deficiência do estaleiro, flutuaram tão-só dois bergantins. O material dos demais foi aproveitado na construção de duas chatas e duzentas balsas. A 26 de setembro de 1560, com essa precária frota e sob o comando do capi-

---

36. Aventureiro espanhol (1508-1561).

37. Rio do Peru, um dos formadores do Rio Amazonas.

38. País lendário, abundante em ouro, que Francisco de Orellana (1490-1550), lugar-tenente do conquistador espanhol Francisco Pizarro (1475-1541), afirmou ter descoberto na região entre os rios Amazonas e Orinoco.

tão-general Dom Pedro de Orsúa, lançaram-se os *marañones* à conquista do Eldorado.

A metade dos *marañones*, como ficou dito, era de indivíduos que fugiam da forca ou andavam à procura dela. Em ambas e precisas condições se encontrava um dos tenentes de Orsúa, chamado Lope de Aguirre, vasco, quarenta ou mais anos, pequeno de estatura, mas de uma tamanha energia física e moral que jamais foi igualada por conquistador algum.

Com quatro meses escassos de viagem, solapa a autoridade quase sagrada do capitão-general Orsúa e, na noite de 1º de janeiro de 1561, à frente de seus seguidores, apunhala-o em sua rede de dormir. Ato contínuo nomeia um jovem andaluz, Fernando de Gusmán, "Príncipe de Terra Firme e Peru, e Governador do Chile". Ao cabo de cinco meses o novo chefe resolve livrar-se de Aguirre, mas este se adianta e se livra daquele com uma arcabuzada. Dono do destino dos *marañones*, Aguirre põe-se à frente deles com o título de "Lope de Aguirre, a Cólera de Deus, Príncipe da Liberdade e do Reino de Terra Firme". Ao contrário de todos os capitães do século, Aguirre não acredita na lenda do Eldorado. Sob seu comando os *marañones* devem seguir rio abaixo, mas para sair ao mar e empreender a conquista do Peru. Tinha desfraldado a bandeira negra.

Entrementes, além do rio que transborda, as febres, os bichos, a fome, as traições e a mão de ferro de Aguirre dizimam os *marañones*. A frota já fora destruída uma vez e reconstruída. Na foz do grande rio, a pororoca destrói novamente a flotilha de balsas.

Com a liana[39] e a roupa de sua gente, Aguirre fabrica velas e durante três meses erra pelas ilhotas do delta sem encontrar saída, até que, por fim, à frente de sua horda de piratas – o mais fiel dos quais, por qualquer coisa, poderia apunhalar o chefe –, corta o Mar do Caribe e chega à ilha Margarita, na costa da Venezuela.

Depõe a autoridade espanhola[40], iça a bandeira negra e ao cabo de um mês e meio de reinado atroz para insulares e *marañones*, faz-se novamente ao mar, desembarca em Borburata e se interna no Peru até o povoado de Barquisimeto, onde as tropas reais lhe oferecem batalha. Aguirre é vencido, sitiado e abandonado por seus piratas.[41]

Ao surpreender-se sozinho, chama a filha, uma jovem e formosa mestiça que idolatra e que o acompanhara em toda a aventura, e fechando os olhos para não ver o sofrimento dela, mata-a com uma punhalada. Acaba de fazê-lo quando chegam dois de seus antigos seguidores e um deles lhe dá um tiro de arcabuz. Ferido, Aguirre cai e grita:

– Este tiro não prestou.

O outro também atira, acertando-o no peito.

– Este sim – diz Aguirre.

E morre.[42]

---

39. Trepadeira lenhosa semelhante ao cipó, típica da região amazônica.

40. Em julho de 1561, matando o governador e se apossando do tesouro real.

41. Outubro de 1561.

42. A "Jornada do Marañon" é descrita no livro *Expedition of Orsua, and the crimes of Aguirre* (1821), de autoria do poeta e historiador inglês Robert Southey.

JUAN VADILLO

Os cartagineses de Eldorado

Nos grandes momentos de ação dos povos, o heroísmo não recruta seus eleitos apenas entre os homens de provada energia. Roma nos oferece um dos casos mais singulares da história, na pessoa de Lúculo[43], que abandonando um dia seus festins de político e magnata vadio, e sem maior preparação guerreira do que a leitura apressada *d'A retirada dos dez mil*[44] durante a viagem por mar rumo à Ásia, empreende nos confins da imensa república uma das mais duras e admiráveis campanhas militares do mundo antigo.

No curso do século XVI, a Espanha lançou-se às conquistas com suas grandes forças de ação, encarnadas em seus capitães de vasto renome. Nem todos eram militares aventureiros.

Quando as autoridades decidiram processar o conquistador Heredia, fundador de Cartagena das Índias[45], a direção do caso foi outorgada ao advogado Juan Vadillo, ouvidor do Tribunal de São

---

43. Lúcio Licínio Lúculo, general romano (109-57 a.C.).

44. *Anábase*, obra em que Xenofonte narra as aventuras dos mercenários gregos – entre eles o próprio Xenofonte – no exército de Ciro, o Moço, que foi derrotado por Artaxerxes II e teve de retroceder para o ocidente da Ásia Menor.

45. Pedro de Heredia (m. em 1574) fundou em 1533 a cidade de Cartagena, no litoral antilhano da Colômbia.

Domingos[46], homem já entrado em anos, de pronunciado ventre e vida sedentária. Sendo graves as queixas contra Heredia, Vadillo mandou prendê-lo e aos seus íntimos para descobrir o paradeiro dos tesouros escondidos. Heredia conseguiu fugir para a Espanha, onde, graças ao ouro, obteve a reabilitação, denunciando o advogado Vadillo, que igualmente foi processado.

Vadillo, para ganhar a graça do rei, lançou-se à conquista do Eldorado[47], aventura que Heredia, entre tantos outros, também havia tentado.

O advogado e flamante conquistador organizou uma das mais poderosas expedições entre aquelas que tinham sido feitas com o mesmo propósito e se internou nas imensas e perenemente inundadas selvas do trópico.

Começou logo o castigo nos pântanos pestilentos. Demoravam dias inteiros para arrancar os cavalos do barro, com a ajuda de cordas, e quando o conseguiam, restavam os homens presos às raízes pelos pés. Durante semanas não foi possível que se reconhecessem: estavam totalmente cobertos de barro.

Alcançaram, por fim, a terra seca, onde assaltaram uma fortaleza indígena no alto de um cerro, tendo de puxar com cordas os cavalos, que estavam enrolados em algodão como proteção contra as flechas.

---

46. A ilha que hoje pertence à República Dominicana e ao Haiti.

47. *v.* nota 38.

Mas ali não havia ouro e tampouco o encontraram na seqüência da aventura até o vale do Cauca[48]. Encontraram, sim, a resistência dos índios, tendo com eles numerosos confrontos, um atrás do outro, sem tréguas.

Feridos todos, adoentados, deixando a cada dia um companheiro morto nos lodaçais, famintos e tiritando de febre, sustentados apenas pela vontade inquebrantável do chefe, os homens exigiram que desistisse, porque os sofrimentos estavam em todos os lugares e o ouro em nenhum. Vadillo, doente também, não respondeu, e pôs-se a caminhar cordilheira acima. E os homens correram atrás dele, jurando segui-lo até a morte.

Pouco depois acharam, finalmente, o que comer: um caldeirão de carne, abandonado pelos índios à chegada deles. E já estavam a saciar a fome quando um dos homens meteu a espada no caldeirão e dali retirou, espetada, uma mão humana com suas unhas.

Depois de quatrocentos e vinte dias de tanta miséria, quando já acreditavam estar a caminho do Eldorado, encontraram um esqueleto de cavalo. No dia seguinte, um povoado espanhol. Tendo atravessado imensas regiões sem dono, onde podiam se estabelecer e governar sem oposição, Vadillo e seus cartagineses (assim os chamava) se acharam em terras com dono. O conquistador quis ainda voltar sobre seus passos, tornar às nascentes do Cauca para povoá-las, mas seus companheiros, exaustos, exigiram a divisão dos lucros, conforme o costume.

---

48. Rio Cauca, na Colômbia.

Aqueles homens tinham andado mais de mil quilômetros, tinham perdido noventa e dois companheiros e cento e dezenove cavalos, e a cada um deles tocou "cinco pesos", o prêmio de uma perseguição de quatorze meses ao fantasma do Eldorado.

THOMAS DE QUINCEY[49]

A guerra contra o vício

A luta mais heróica de um homem é aquela em que deve lutar contando apenas com sua força de vontade... quando ela não existe. É mais fácil arrancar uma chispa de gênio do imbecil do que um ato insignificante da vontade diluída no marasmo glacial dos estupefacientes. Nada no mundo desvia, distorce, atrofia e liquida a vontade de um homem como o gozo espectral dos paraísos artificiais. Não há inteligência, dignidade e vergonha capazes de obter aquilo que uma vontade abolida já não pode dar.

É conhecido o caso do médico morfinômano que, sem esperanças na luta que desde muito travava com o alcalóide, internou-se num sanatório, entregando-se aos seus colegas para conseguir a cura. Entre as roupas, levava oculta uma seringa.

Thomas De Quincey, aos vinte e quatro anos, sofreu uma nevralgia facial, e um amigo encontrado casualmente na rua lhe recomendou o láudano. Foi seu primeiro contato com o ópio. Quatro anos depois, em 1813, lembrou-se desse calmante ao sentir dores persistentes no estômago. E recorreu pela segunda vez ao láudano.[50]

---

49. Escritor inglês (Manchester, 1785 - Edinburgh, 1859).

50. A nevralgia e o primeiro contato com o ópio ocorreram em 1804, quando De Quincey tinha dezenove anos.

Daí em diante, e durante dezessete anos, De Quincey não mais abandonou o ópio, chegando a constituir, ele e seu hipnótico – pela elevação intelectual de um e as doses cem vezes mortais de outro –, o mais espantoso caso de sobrevivência registrado nos anais da opiomania.[51]

Nesses dezessete anos, De Quincey experimentou as mais cruéis dores morais pelo uso da droga e as mais horrendas torturas a cada vez que tentou escapar às garras do monstro negro. Chegou a tomar mil gotas de láudano por dia, dose mais do que suficiente para matar oitenta indivíduos de sólida constituição. Como ele mesmo disse: o láudano ingerido nesses anos daria para encher uma banheira. Em certa ocasião debruçou-se numa janela ao cair da noite – e estes foram os momentos quase felizes dos primeiros anos – e não teve força para se afastar dali até o meio-dia seguinte. Vivia no terror de quem se sente arrastado por forças irresistíveis e não sabe quando poderá voltar, e constantemente atormentado pelo espectro de um malaio que uma noite batera à sua porta e logo se retirara sem ter entendido o que perguntara. E conta esse homem, submetido dia e noite às mais espantosas alucinações: houve semanas em que respondia à ansiada presença dos filhos ao lado da cama com gritos de terror, pois as crianças pareciam transformar-se em bestas ferozes que se aproximavam para devorá-lo.[52]

---

51. Data de 1822 o livro que o celebrizou: *Confissões de um comedor de ópio* (Coleção L&PM Pocket, 2001).

52. Casara-se em 1816 com Margaret Simpson, tendo com ela oito filhos.

Como um homem, um mísero mortal, pôde encontrar a vontade necessária para livrar-se do ópio – depois de dezessete anos de entrega total de suas forças, de suas potencialidades espirituais e de sua vergonha, ao ponto de render às drogas o degradante tributo de 320 gramas diários de laudano – é um segredo que só o destino que vela pelos atos heróicos pode decifrar. Por etapas, bruscamente às vezes, caindo num abismo mais fundo, levantando-se, caindo de novo, o ilustre escritor venceu o ópio.[53]

Não deixa de ser lisonjeiro para quem faz arte que tal dose de fria vontade, para abrigar-se, tenha escolhido a cálida alma de um artista.

---

53. Não totalmente. Depois da morte da esposa, em 1837, ele tornou ao vício pela quarta vez, mas, em 1844, conseguiu reduzir a dose diária para seis gramas e não mais permitiu que aumentasse.

LAPLACE E BIOT[54]

O mestre e o discípulo

Quando Laplace, criador da teoria da formação dos mundos por uma nebulosa primitiva, já gozava amplamente da fama de que seu gênio se fazia credor, foi solicitado por seus colegas do Instituto da França a opinar sobre certa memória que, naquele momento, estava sendo apresentada.

O texto versava questões astronômicas. Sabia-se que o autor se chamava Jean-Baptiste Biot e que era um aficionado da geometria. Mas de sua inteligência, de seu ânimo tenaz, de seu entusiasmo, nada se sabia.

Essas qualidades do jovem estudante encantaram Laplace. Ele apresentava uma série de problemas de ordem superior, que poderiam ser chamados de "Integração das equações nas diferenças parciais". E o que era melhor: apresentava as soluções desses problemas, o que significava a descoberta e a demonstração de uma nova lei astronômica.

O Instituto não aceitava integralmente as conclusões de Biot e talvez o destino dele fosse outro, se Monge[55] e Laplace – especialmente Laplace – não o

---

54. Pierre Simon, Marquês de Laplace, astrônomo, matemático e físico francês (Beaumont-en-Auge, 1749 - Paris, 1827); Jean-Baptiste Biot, físico e astrônomo francês (Paris, 1774 - Paris, 1862).

55. Gerard Monge, matemático francês (1746-1818), criador da geometria descritiva, foi professor de Biot.

tivessem resolutamente apoiado. A intervenção de Laplace dobrou o Instituto e Biot foi aclamado.

Se alguém podia sofrer com esse êxito era o próprio Laplace, em sua glória talvez declinante. Acaso o ilustre sábio não via uma ameaça naquela ascensão triunfal?

Terminada a sessão, Laplace convidou Biot a acompanhá-lo até sua casa. E quando, depois de uma longa conversação, Biot já se dispunha a ir embora, o autor do *Sistema do mundo*[56] abriu um velho armário e retirou dali uns papéis amarelados crivados de fórmulas, mostrando-os ao genial estudante sem dizer uma palavra. Eram as mesmas soluções astronômicas propostas por Biot, que Laplace já havia descoberto.

Durante a leitura de Biot no Instituto, Laplace poderia ter cortado sua carreira vitoriosa revelando aquilo que sabia. Era um direito seu. Mas Laplace só pensou num dos deveres do homem de gênio, o de ser generoso. Calando-se, alimentava a fé de Biot em si mesmo e aquele ardente entusiasmo por um ideal de que necessita todo homem moço. E fez Biot jurar que jamais revelaria aquele segredo comum.

Biot manteve sua palavra ao longo de cinquenta anos. Quando Laplace morreu, revelou humildemente a origem equívoca de sua glória. O discípulo valia o mestre.

---

56. *Exposition du sistème du monde*, 1796.

EDMUND CARTWRIGHT[57]

A fé criadora

Pode-se admitir que as máquinas de fiar e de tecer marcam na mecânica o limite de perfeição a que pode alcançar o gênio humano. Desde o tempo das cavernas o homem fiou e teceu para vestir-se, roubando longas horas às necessidades mais urgentes. Pode-se admitir também que a inventividade, desde tempos pretéritos, rondou a roca e o bastidor para que pudessem fiar e tecer sozinhos. Gênios do naipe de Vaucanson[58], com cujos modelos de máquinas a Convenção[59] criou o Conservatório de Artes e Ofícios, fracassaram em suas tentativas. Como em tantas outras manifestações do talento criador, a luz reveladora surgiria de um homem totalmente alheio à mecânica.

Em 1784, na Inglaterra, em meio a uma conversa depois da refeição, alguém mencionou a máquina de fiar que Arkwright inventara[60]. Como se comentasse que, com seu uso, sobreviria uma crise,

---

57. Inventor inglês (Marnham, 1743 - Hasting, 1823).

58. Jacques de Vaucanson, inventor francês.

59. Convenção Nacional, a assembléia revolucionária francesa que funcionou no período 1792-5.

60. Richard Arkwright, barbeiro inglês (1732-1792). A máquina que inventou era movida a água (*water frame*). Não se conhece a data certa da invenção, mas sua patente é de 1769.

uma vez que os teares manuais não conseguiriam tecer todo o fio produzido, um dos presentes, o Dr. Cartwright, julgou oportuno observar que a solução da crise era muito simples: bastava que se inventasse uma máquina de tecer.

Os demais, manufatureiros na maioria, puseram-se a rir, aduzindo tantas razões impeditivas da invenção – entre elas o fracasso de Vaucanson –, que o pobre médico ficou perplexo[61]. Nada pôde argumentar, mesmo porque nunca vira alguém tecer.

Cartwright se esqueceu do assunto, mas um dia, observando atentamente um tecido, surpreendeu-se com o que descobriu: para tecer eram necessários apenas três movimentos e não era impossível reproduzi-los mecanicamente.

Entusiasmado, procurou um carpinteiro e um ferreiro, mandando fazer tais e tais peças que executassem tais e tais movimentos. Quando a máquina ficou pronta, os artesãos e o próprio inventor, assombrados, viram que ela tecia sozinha.[62]

Disse Cartwright: "Como eu jamais me preocupara com a mecânica, jamais vira funcionar um tear e nem tinha qualquer idéia sobre sua construção, pode-se compreender que minha primeira máquina tenha sido um monstrengo. Imaginando, com minha

---

61. Cartwright era clérigo.

62. O tear de Cartwright (*power-loom*), montado em 1781, era uma adaptação da máquina a vapor usada nas minas de carvão para bombear água, inventada por James Watt, e foi patenteado em 1785. Ele patenteou também uma máquina de pentear lã (1789), outra de fazer corda (1792) e um motor movido a álcool (1797).

ingenuidade, que resolvera o problema, patenteei o invento e só então condescendi em conhecer os teares manuais. Pode-se compreender também a minha surpresa quando comparei aquelas obras com meu tosco engenho. Somente dois anos depois, em 1787, pude construir minha máquina tal como hoje é conhecida".

Hoje, decorridos cento e quarenta anos, as enormes máquinas tecedoras fariam cair de costas o modesto inventor. Mas os aperfeiçoamentos sucessivos, que transformaram seu mostrengo nessas maravilhas da mecânica – todos juntos –, não têm a mesma dimensão da pura fé criadora daquele idealista.

RICHARD WAGNER[63]

Os pecados do mundo

Disse Ibsen que, com a palavra *humano* ou a expressão *é humano*, dissimulamos e desculpamos todas as covardias e transigências do coração e do caráter.

É humano que se dê a um faminto falsas esperanças de saciar sua fome, que depois choremos sobre seu esqueleto a nossa hipocrisia sem fim e que sobre o filho, o neto e o bisneto da vítima continuemos vertendo nossas lágrimas humanas.

Em 1842 Wagner estava em Paris. Este homem genial já conhecia as penas da miséria, mas as que sofria na época ultrapassavam a resistência de um homem robusto. Se não passava fome, no sentido estrito da palavra, era porque trabalhava até altas horas da noite, transcrevendo ou simplificando músicas por uma migalha de pão.

E o próprio pão chegou a lhe faltar.

Depois de tantas vicissitudes, obteve de um ilustre compositor francês umas linhas de recomendação para um diretor de teatro de Bordéus, onde esperava ser nomeado para um cargo qualquer.

Cheio de ilusões, Wagner dirigiu-se a Bordéus. Não podia permitir-se qualquer luxo e foi a pé,

---

63. Compositor e dramaturgo alemão (Leipzig, 1813 – Veneza, 1883).

bastão no ombro, a trouxa de roupa pendurada na ponta. Esfarrapado, exausto, apresentou sua carta. Quando o diretor do teatro começou a lê-la, alguém o chamou e ele saiu da sala, deixando a carta sobre a mesa.

Wagner, a dois passos, via a carta aberta. O diabo o tentou e, inclinando-se, leu o que estava escrito: "Querido maestro: não sabendo como me livrar desse pobre-diabo que vai procurá-lo, dei-lhe esta carta. Livre-se dele como puder" etc. etc.

Com a trouxa ao ombro, Wagner retornou a Paris.

Se para um mortal qualquer, angustiado e faminto, o incidente se constituiria numa humilhação sangrenta, imagine-se para o homem que a sofria e que já compusera *Rienzi*[64] e *O navio fantasma*[65]: era um cálice tão amargo quanto aquele que, num outro tempo, foi servido no Monte das Oliveiras.[66]

Fomos redimidos do pecado original por um sacrifício, mas algo há de pesar ainda sobre a humanidade, se persistimos em ignorar, escarnecer, sacrificar e depois prantear os cristos de nossa própria raça.

---

64. 1840.

65. 1841.

66. Mt. 26, 39; Mc. 14, 36; Lc. 22, 42.

EDGAR ALLAN POE[67]

A honestidade artística

Ultimamente foram achados documentos nos quais se constata que o trabalho literário de Poe era pago à razão de cinqüenta cêntimos de dólar a página impressa. Se seus contos menos conhecidos tinham, em média, quinze páginas, e os mais famosos apenas dez ou doze, a média geral era de seis dólares por conto, isto é, quinze pesos.[68]

Um dos mais extraordinários gênios que o mundo conheceu, quase sem ascendentes e sem sucessor algum – só e isolado na história literária como um diamante –, este homem de inteligência profunda até a vertigem, vivia, comia, vestia e mantinha suas relações interpessoais à razão de um peso por cada página que escrevesse.

O caso não é único. De Homero a Leonhard Frank[69], passando por Beethoven (quando vendia sua quinta sinfonia por vinte e cinco pesos), o gênio adquire seus privilégios em detrimento do bem-estar. Se por um lado não causa espécie tal fenômeno, que de certo modo é biológico, surpreende, por outro, a honestidade de Poe, que limitou seus grandes contos

---

67. Escritor norte-americano (Boston, 1809 – Baltimore, 1849).

68. Na moeda argentina ao câmbio de 1927.

69. Romancista alemão (1882-1961).

a doze páginas, ganhando com eles não mais do que seis pesos, quando lhe teria sido tão fácil aumentá-los para vinte ou cem páginas.

Admita-se que, com seis pesos, matava a fome de seis dias, e que nas noites correspondentes pudesse dormir num colchão de lã. Com Poe tudo é possível. O que não se admite é que essa renda também lhe fosse suficiente para beber o que bebia.

São conhecidas as fraquezas do escritor. Não houve paraíso artificial que não visitasse nem serpente que não lhe devolvesse fielmente as visitas na forma de *delirium tremens*. Fome de comer e sede de álcool, estroinices desatinadas e o mais que se ignora dessa extravagante criatura, tudo devia ser fatal e mesquinhamente coberto pelos seis pesos de cada conto.

Se para Poe a necessidade de álcool, éter, ópio, era tão orgânica quanto se supõe, poucas torturas teriam sido iguais àquelas que sofria quando a escassez de meios lhe permitia comer e beber, mas não embriagar-se. Nessas horas teria dado uma fortuna, se a tivesse, por uma gota de álcool. Admire-se, por isso, a honestidade mais do que heróica, o pudor mais do que divino do escritor quando, escrevendo um conto, terminava-o no momento preciso, na décima página, ainda que transtornado pela ânsia de beber.

Vontade, confiança, decoro, tudo no grande contista naufragou, menos a honradez artística. Aumentando um pouco aqueles contos de excepcional sobriedade poderia ter alimentado folgadamente a besta do álcool. Ninguém como ele teria facilidade para tanto. Não o fez. Hoje, no entanto – sem pressões ou necessidades, e se as temos basta encompridar um conto, que de conto só tem o nome –, nos lembramos de Poe mais pelas bebedeiras do que pela honestidade.

CONDORCET[70]

Revolucionário francês

Escritor, filósofo, matemático e químico de alto vôo, Condorcet nasceu marquês, pertencendo a uma das mais antigas famílias da França, e foi criado até os 12 anos por uma mãe fanática que, tendo-o consagrado à Virgem, até os mesmos 12 anos o vestiu de menina.

Tradição, educação, ambiente, tudo conspirava para fazer do efeminado aristocrata um reacionário. Seu destino, contudo, seria outro.

Membro da Academia Francesa aos 39 anos[71], mimado pela Corte, pelos grandes sábios do mundo, o ex-menina só esperava um raio de luz para encontrar sua estrada de Damasco.

Deu-lhe este raio a revolução americana, como a tantos outros. Amigo íntimo de D'Alembert e Voltaire, a revolução francesa o teve entre seus mais puros filhos[72]. Assim como Robespierre representou o Princípio na ação, Condorcet o representou na fé. Ninguém como ele acreditou e sustentou as idéias da

---

70. Marie Jean Antoine Nicolas de Caritat, Marquês de Condorcet (Ribemont, 1743 – Bourg-la-Reine, 1794).

71. Membro da Academia de Ciências aos 26 anos. Aos 34, em 1777, foi eleito secretário perpétuo da mesma academia.

72. Foi Presidente da Assembléia Legislativa e depois deputado à Convenção Nacional.

grande revolução. O homem que condenou o rei às galés[73] não era um combatente entre as multidões. Bondoso até o excesso, de modesta figura e saúde precária, casou-se aos 43 anos com uma jovem de 20, que foi leal ao ponto de lhe confessar que, embora lhe entregasse sua vida, não o amava. Condorcet, com mais lealdade ainda, nada lhe exigiu.[74]

A queda dos girondinos[75] desgraçou Condorcet. Foi posto fora da lei e teve seus bens confiscados. Sem bastante fé na morte para entregar-se à guilhotina, mas com fé bastante no homem e na terra que o nutre, viveu oito meses escondido numa água-furtada, com escasso fogo e quase escasso pão[76]. Todas as noites sua mulher, que passava roupa para poder viver, visitava-o disfarçada, arriscando, em cada visita, sua própria vida.

Já não era a jovem desdenhosa de outrora: tinha vários filhos com o marido e sua admiração por ele se transformara no amor mais apaixonado. Noite após noite corria perigo para vê-lo. E como Condor-

---

73. No julgamento do Rei Luís XVI, votou contra a pena de morte.

74. Casara-se em 1786 com Sophie de Grouchy (1764-1822), uma das mulheres mais belas de seu tempo.

75. Um dos grupos políticos na Revolução Francesa. Opunha-se à predominância política parisiense na Convenção Nacional. A proposta de Condorcet para uma nova constituição provocou um conflito entre girondinos e jacobinos, seguido de uma revolta popular, a 2 de junho de 1793, que deu aos jacobinos o controle da Convenção. Condorcet foi condenado por ter protestado contra o rumo dos acontecimentos.

76. Na casa da sra. Vernet, viúva do pintor Claude Joseph Vernet, falecido em 1789.

cet, reduzido à maior pobreza, possuía tão-só uma camisa, permanecia na cama enquanto ela lavava e passava aquela última prenda[77]. Entrementes, o condenado à morte – se houve uma condenação injusta, foi a dele – escrevia uma obra de grande alento sobre a perfectibilidade do ser humano.[78]

Quando, vários anos depois da morte de Condorcet (que se suicidou)[79], sua mulher publicou a obra póstuma do grande republicano, cuja gestação ela assistira lavando e passando, cada página do livro haveria de lhe trazer uma pensativa lembrança.[80]

---

77. Sophie divorciou-se do marido durante sua proscrição, talvez para obter a devolução dos bens confiscados pelo governo de Robespierre, o que de fato conseguiu.

78. *Esquisse d'un tableau historique des progrès de l'esprit humain*, 1795.

79. Deixou o esconderijo em março de 1794, sendo preso nos subúrbios de Paris. Dois dias depois foi encontrado morto em sua cela.

80. Após a morte de Condorcet, Sophie viveu com J. J. Mailla e mais tarde com Claude Fauriel. Traduziu para o francês uma obra de Adam Smith, *Teoria dos sentimentos morais*, que publicou juntamente com um texto seu, *Oito cartas sobre a simpatia*. Participou ativamente da organização da obra completa de Condorcet, em 21 v., publicada em 1804.

RUBÉN DARÍO[81]

O capital invisível

Quando um médico diz que o pagamento de dez pesos pela consulta não corresponde ao exame de um minuto ou à receita de um segundo, mas aos longos anos de perseverança – não raro de pobreza – em que aprofundou seus estudos, ele expressa a situação de todos os que, sem esforço aparente, recebem os juros de um capital invisível.

As pessoas costumam julgar de má vontade essa espécie de ágio da intelectualidade, tanto mais severamente quanto mais sutil é a essência do capital opressor. Assim é no ramo da arte, onde o valor das transações sempre pasmou e continua pasmando os negociantes em geral.

Há muitos anos, um cidadão cujo nome não importa, proprietário de uma loja de modas, recebeu em sua casa a visita vespertina de Rubén Darío, com o qual mantinha uma dessas vagas amizades que resultam de uma noite no bar.

Não era um homem inculto e merecia, talvez, mais consideração do que aquela que o poeta teve com ele, ao final da visita, mas sabemos todos que Darío não era estritamente formal em suas relações. De resto, passava por um mau momento.

---

81. Félix Rubén García y Sarmiento, dito Rubén Darío, poeta nicaragüense (Metapa, 1867 - León, 1916). Quiroga conheceu Darío em Paris, na passagem do século.

Darío chegou às cinco da tarde à casa do amigo, que não estava só. Tomou chá com os presentes e acabou jantando ali. Passava da meia-noite quando insistiu em se despedir, apesar dos protestos gerais.

O poeta não era expansivo, nem mesmo na intimidade, mas, nessa ocasião, mostrara-se o *causeur* incomparável que podia ser, se o quisesse. Por várias horas atraíra a atenção de todos e a todos encantara.

Na porta da rua, ao apertar a mão do dono da casa, Darío lhe pediu dois pesos.

"Nem dez, nem sequer cem, pediu dois pesos, como um pedincha qualquer." Com essas poucas palavras, descreveu e julgou Darío.

O capital desse comerciante estava pomposamente exposto nas vitrinas da loja. Sem ter do que se envergonhar ele podia vender suas quinquilharias, por centenas de pesos, a quem as comprasse pelo prazer ou pelo capricho de um momento. Tinham um valor visível. A *causerie* do poeta, não.

Mas o que Darío entregara por dois pesos, durante várias horas, era o sabor de sua inteligência privilegiada, de sua cultíssima erudição, de sua vida marcada pelas emoções e depurada pela arte, trocando tudo isso, com humildade e generosidade, por uma quantia que qualquer de nós se atreveria a exigir sem deixar como refém um átomo de vergonha.

SEMMELWEISS[82]

A adoção da assepsia

A incompreensão das idéias novas se transforma no curso do tempo, se não em compreensão, ao menos em palavras e atos de gratidão, com os quais a humanidade entoa sua *mea culpa* em homenagem ao infeliz que desprezou.

Em regra, as lágrimas e a proteção humanitária chegam tarde, ferozmente tarde. Passam-se vários séculos até que ocorra o reconhecimento. Como não nos emendamos – alguns esqueletos corroídos pela miséria dos donos ainda esperam as fatais lágrimas de arrependimento –, nossa dívida com a nata da humanidade só é quitada a cada ciclo de mil anos. Esperemos confiantes, enfim, fingindo não ouvir os gritos de loucura de Semmelweiss, depois de oitenta anos em sua tumba-manicômio.

Semmelweiss, médico húngaro[83], compreendeu que algo anormal estava acontecendo em todas as maternidades da época, com seus incontáveis casos de febre puerperal. Os números da mortalidade eram aterradores: em certas épocas do ano alcançavam noventa e cinco por cento dos casos.

Na Maternidade de Viena, onde atuava, Semmelweiss observou que a sala obstétrica reservada ao

---

82. Ignac Fülöp Semmelweiss, médico húngaro (Buda, 1818 – Viena, 1865).

83. No original, por equívoco, médico austríaco.

treinamento dos estudantes acusava uma mortalidade muito maior do que a sala das parteiras, a tal ponto que as mulheres estavam convencidas de que morreriam se para lá fossem levadas. Se descobriam que não estavam na sala das parteiras e sim na dos estudantes, tinham crises de desespero.

Se bem que antes de Semmelweiss já se soubesse que a febre puerperal era contagiosa, ninguém sabia ainda de onde provinha e como se processava tal contágio.

"Deve haver uma secreção, um veneno, um organismo", dizia-se Semmelweiss, "que se transmite de um corpo a outro por meio do homem".

Quando o Dr. Kolltschka adoeceu, vítima de uma infecção no dedo adquirida na sala de dissecação, Semmelweiss o examinou. Ao constatar no moribundo os mesmos sintomas e o mesmo quadro clínico das puérperas da Maternidade, a luz se fez bruscamente em sua visão genial. Era uma só a enfermidade do colega infectado e das parturientes. Um agente proveniente dos cadáveres da sala de dissecação e transportado para a Maternidade pelos estudantes seria a causa específica da febre puerperal. Desinfetado o campo operatório, as mãos e o instrumental, a febre não deveria aparecer.[84]

---

84. Suas primeiras providências datam de maio de 1847. O índice de mortalidade, no mês, caiu para 12,24 %, ao fim do ano para 3,04 % e no ano seguinte para 1,27 %. O êxito de Semmelweiss provocou o despeito e a revolta de seu chefe, Johann Klein, que em 1849 o afastou da Maternidade de Viena. Nos seis anos seguintes, na Maternidade de Pest, Semmelweiss conseguiu reduzir o índice de mortalidade para 0,85 %. Nunca se conformou com o desinteresse dos colegas em relação aos seus métodos.

Em 1847 chegava Semmelweiss ao cânon atual, adiantando-se em vinte anos à assepsia de Lister[85] e outro tanto às conclusões de Pasteur.

Preconizou, falou, escreveu: nenhum clínico do mundo lhe deu ouvidos. Cansado, perseguido pelos risos, pelos sarcasmos, Semmelweiss enlouqueceu.[86]

---

85. Joseph Lister, cirurgião inglês (1827-1912).

86. Semmelweiss morreu de uma infecção em ferimento na mão direita, ou seja, do mesmo mal que combateu. Na bibliografia consultada não foi encontrada nenhuma referência à sua suposta loucura.

VIDA E OBRA DE HORACIO QUIROGA

HORACIO QUIROGA

Sergio Faraco

1878 – A 31 de dezembro, em Salto, no Uruguai, nasce Horacio Silvestre Quiroga Forteza, filho de Prudencio Quiroga e Juana Petrona Forteza.

1879/89 – Morre Prudencio Quiroga, vítima de um disparo acidental de sua própria arma (segundo alguns pesquisadores, o tiro não foi casual). Quiroga estuda em Salto, numa escola fundada por maçons.

1890/5 – Freqüenta o Instituto Politécnico, em Salto, e o Colégio Nacional, em Montevidéu. A mãe se casa com o argentino Ascensio Barcos.

1896 – Suicida-se o padrasto. Com três amigos forma em Salto um grupo literário. Lêem poetas franceses e escrevem poemas. Quiroga apaixona-se por María Ester Jurkowski, mas o romance não prospera em virtude da oposição da família dela. Mais tarde, esse caso daria o argumento para o conto "Una estación de amor".

1897 – Viaja de bicicleta de Salto a Paysandú, uma proeza na época.

1898 – Na imprensa de Salto aparece seu primeiro artigo, sobre ciclismo. No verão, vai a Buenos Aires e conhece o poeta argentino Leopoldo Lugones, cuja obra admira.

1899 – Publica seu primeiro conto e lê Baudelaire, Poe, Lugones. Colabora na *Revista de Salto*.

1900 – Viaja à Europa. Em Paris, participa de uma corrida de bicicleta no Parc de Princes. No Café Cyrano, conhece Rubén Darío. Ao retornar, decide permanecer em Montevidéu, onde retoma o grupo literário com os amigos de Salto. Obtém o segundo lugar num concurso de contos, concorrendo com dezenas de escritores da América espanhola. Da comissão julgadora faziam parte os conhecidos autores uruguaios Javier de Viana e José E. Rodó.

1901 – Recebe em Montevidéu a visita de Lugones. Morrem dois de seus irmãos, Pastora e Prudencio. Aparece seu livro de estréia, *Los arrecifes de coral*, de poemas e relatos.

1902 – Em março, mata o poeta Federico Ferrando com um tiro acidental de pistola. Desesperado, tenta suicidar-se num poço, sendo contido por amigos. Depois de provar sua inocência muda-se para Buenos Aires.

1903 – Leciona castelhano no Colégio Britânico de Buenos Aires e participa de uma expedição às ruínas jesuíticas, chefiada por Lugones.

1904 – Publica *El crímen del otro*, contos. Adquire um campo perto de Resistencia, no Chaco, para plantar algodão.

1905 – Com o fracasso da plantação, retorna a Buenos Aires. Começa a colaborar no semanário *Caras y Caretas*.

1906 – É nomeado professor de castelhano e de literatura na Escola Normal nº 8. Nas férias, vai a San Ignacio, em Misiones, onde adquire 185 hectares de terra com a intenção de plantar erva-mate.

1907 – Continua lecionando em Buenos Aires e namora uma aluna, Ana María Cirés, "menina de 15 anos, loura, de olhos azuis e caráter reservado", enfrentando novamente a oposição dos pais.

1908 – Publica as novelas *Los perseguidos* e *Historia de un amor turbio*. Viaja a San Ignacio para construir a casa onde pretende morar.

1909 – Publica mais de uma dezena de contos em *Caras y Caretas*. A 30 de dezembro casa-se com Ana María Cirés.

1910 – Quiroga e Ana María se transferem para San Ignacio.

1911/2 – A 29 de janeiro nasce Eglé, primeira filha do casal. Quiroga cultiva erva-mate e produz suco de laranja, doce de amendoim, mel e carvão. Renuncia ao magistério em Buenos Aires e, no mesmo ano, é nomeado juiz de paz e oficial do registro civil, San Ignacio, funções que exerce com pouca ou nenhuma dedicação. A 15 de fevereiro de 1912 nasce o filho Darío.

1913/4 – Ana María não se adapta à vida na selva e são constantes os desentendimentos do casal. Quiroga continua trabalhando afanosamente em suas plantações.

1915/6 – A 14 de dezembro Ana María se suicida, ingerindo forte dose de veneno (os dias finais de Ana María são relatados, como ficção, na novela *Pasado amor*). Quiroga permanece na selva com os dois filhos pequenos, mas, no final de 1916, retorna a Buenos Aires.

1917 – A 17 de fevereiro, por gestões de amigos, é nomeado contador do Consulado Geral do Uruguai. Publica *Cuentos de amor de locura y de muerte*, obra que rapidamente se esgota.

1918 – Publica *Cuentos de la selva (para los niños)*.

1919 – Escreve dezenas de notas sobre filmes, numa época em que os intelectuais vêem o cinema como arte menor.

1920 – No Uruguai, seu amigo Baltazar Brum chegara à Presidência da República. Vai com freqüência a Montevidéu, levando outros escritores, entre eles a poetisa Alfonsina Storni, com a qual tem um caso amoroso. Publica o livro de contos *El salvaje*.

1921 – Publica *Anaconda*, contos. Em fevereiro, estréia no Teatro Apolo sua peça *Las sacrificadas*, versão dramática do conto "Una estación de amor". Conhece Jorge Luis Borges, que recém voltara da Europa.

1922 – Por designação do Presidente Brum, viaja ao Rio de Janeiro como membro da embaixada uruguaia aos festejos do centenário da independência brasileira. Ao regressar, passa por Melo para conhecer Juana de Ibarbourou.

1923 – Publica contos na imprensa e seus primeiros ensaios sobre a criação literária.

1924 – Publica *El desierto*, contos.

1925 – Passa as férias em Misiones, preparando seu retorno à selva.

1926 – De volta a Buenos Aires, aluga uma casa de campo em Vicente López. Numa das viagens que faz para lá, conhece sua futura segunda esposa, uma jovem de 18 anos, María Elena Bravo. Publica seu livro mais elogiado pelos críticos: *Los desterrados*.

1927 – A 16 de julho, casa-se com María Elena Bravo.

1928 – Nasce a filha do segundo casamento. Recebe o mesmo nome da mãe, mas a chamam de Pitoca.

1929 – Publica a novela *Pasado amor*, que vende apenas 50 exemplares.

1930 – Desde 1927 seus amigos no Uruguai estão afastados do poder e o controle de suas atividades no consulado torna-se mais severo. É criticado por escritores da nova geração e, em casa, surgem as primeiras rusgas conjugais.

1931 – De parceria com Leonardo Glusberg publica o livro *Suelo natal*, mais tarde adotado como livro escolar.

1932 – Vai para Misiones com María Elena e a filha, conseguindo, no entanto, manter o cargo diplomático, a ser exercido na selva.

1933 – María Elena, como Ana María, não se adapta ao isolamento e as brigas recomeçam. A 31 de março, Gabriel Terra fecha o parlamento no Uruguai e seus amigos são totalmente alijados do centro das decisões. Suicida-se seu protetor, o ex-presidente Baltazar Brum.

1934 – Em abril é destituído de seu cargo público e passa a enfrentar graves problemas financeiros.

1935 – Publica *Más allá*, contos. Alguns amigos, entre eles o escritor Enrique Amorim, obtêm do governo sua nomeação como cônsul honorário, com vencimentos, numa homenagem da nação uruguaia ao seu talento.

1936 – A crise conjugal se agrava e María Elena retorna a Buenos Aires com a filha. Na solidão da selva, relê Dostoiévski e se encanta com os novos narradores norte-americanos, entre eles Hemingway. Em setembro, adoentado, viaja para Buenos Aires, internando-se no Hospital de Clínicas. María Elena o assiste com dedicação.

1937 – Os médicos revelam que seu mal é irremediável: um câncer gástrico. Na madrugada de 18 para 19 de fevereiro, suicida-se com cianureto. É velado na Casa do Teatro, sede da Sociedade Argentina de Escritores. Pouco depois suas cinzas são transportadas para Salto.

1939 – Suicida-se Eglé.

1954 – Suicida-se Darío.

1989 – Suicida-se María Elena, a Pitoca.

HORACIO QUIROGA NO BRASIL

Anaconda (contos)
Rio de Janeiro: Rocco, 1987
Tradução de Ângela Melim

Vozes da selva (contos)
Porto Alegre: Mercado Aberto, 1994
Tradução de Sergio Faraco

História de um louco amor (novela)
Porto Alegre: Mercado Aberto, 1998
Tradução de Sergio Faraco

Uma estação de amor (contos)
Porto Alegre: L&PM, 1999
Tradução de Sergio Faraco

Passado amor (novela)
Porto Alegre: Mercado Aberto, 1999
Tradução de Sergio Faraco

Decálogo do perfeito contista (c/vários autores)
São Leopoldo: Unisinos, 1999
Tradução e organização de Sergio Faraco

Coleção **L&PM** POCKET (LANÇAMENTOS MAIS RECENTES)

5. **Geraldão (2)** – Glauco
6. **Tempo de delicadeza** – A. R. de Sant'Anna
7. **Tiros na noite 2: Medo de tiro** – Dashiell Hammett
8. **Snoopy em Assim é a vida, Charlie Brown! (3)** – Schulz
9. **1954 – Um tiro no coração** – Hélio Silva
10. **Sobre a inspiração poética (Íon)** e ... – Platão
11. **Garfield e seus amigos (8)** – Jim Davis
12. **Odisséia (3): Ítaca** – Homero
13. **A louca matança** – Chester Himes
14. **Factótum** – Charles Bukowski
15. **Guerra e Paz: volume 1** – Tolstói
16. **Guerra e Paz: volume 2** – Tolstói
17. **Guerra e Paz: volume 3** – Tolstói
18. **Guerra e Paz: volume 4** – Tolstói
19. (9). **Shakespeare** – Claude Mourthé
20. **Bem está o que bem acaba** – Shakespeare
21. **O contrato social** – Rousseau
22. **Geração Beat** – Jack Kerouac
23. **Snoopy: É Natal! (4)** – Charles Schulz
24. (8). **Testemunha da acusação** – Agatha Christie
25. **Um elefante no caos** – Millôr Fernandes
26. **Guia de leitura (100 autores que você precisa ler)** – Organização de Léa Masina
27. **Pistoleiros também mandam flores** – David Coimbra
28. **O prazer das palavras – vol. 1** – Cláudio Moreno
29. **O prazer das palavras – vol. 2** – Cláudio Moreno
30. **Novíssimo testamento: com Deus e o diabo, a dupla da criação** – Iotti
31. **Literatura Brasileira: modos de usar** – Luís Augusto Fischer
32. **Dicionário de Porto-Alegrês** – Luís A. Fischer
33. **Cô Dias & Noites** – Sérgio Jockymann
34. **Memorial de Isla Negra** – Pablo Neruda
35. **Um homem extraordinário e outras histórias** – Tchekhov
36. **Ana sem terra** – Alcy Cheuiche
37. **Adultérios** – Woody Allen
38. **Para sempre ou nunca mais** – R. Chandler
39. **Nosso homem em Havana** – Graham Greene
40. **Dicionário Caldas Aulete de Bolso**
41. **Snoopy: Posso fazer uma pergunta, professora? (5)** – Charles Schulz
42. (10). **Luís XVI** – Bernard Vincent
43. **O mercador de Veneza** – Shakespeare
44. **Cancioneiro** – Fernando Pessoa
45. **Non-Stop** – Martha Medeiros
46. **Carpinteiros, levantem bem alto a cumeeira & Seymour, uma apresentação** – J.D.Salinger
47. **Ensaios céticos** – Bertrand Russell
48. **O melhor de Hagar 5** – Dik Browne
49. **Primeiro amor** – Ivan Turguêniev
50. **A trégua** – Mario Benedetti
51. **Um parque de diversões da cabeça** – Lawrence Ferlinghetti
52. **Aprendendo a viver** – Sêneca
53. **Garfield, um gato em apuros (9)** – Jim Davis
54. **Dilbert 1** – Scott Adams
55. **Dicionário de dificuldades** – Domingos Paschoal Cegalla

666. **A imaginação** – Jean-Paul Sartre
667. **O ladrão e os cães** – Naguib Mahfuz
668. **Gramática do português contemporâneo** – Celso Cunha
669. **A volta do parafuso** *seguido de* **Daisy Miller** – Henry James
670. **Notas do subsolo** – Dostoiévski
671. **Abobrinhas da Brasilônia** – Glauco
672. **Geraldão (3)** – Glauco
673. **Piadas para sempre (3)** – Visconde da Casa Verde
674. **Duas viagens ao Brasil** – Hans Staden
675. **Bandeira de bolso** – Manuel Bandeira
676. **A arte da guerra** – Maquiavel
677. **Além do bem e do mal** – Nietzsche
678. **O coronel Chabert** *seguido de* **A mulher abandonada** – Balzac
679. **O sorriso de marfim** – Ross Macdonald
680. **100 receitas de pescados** – Sílvio Lancellotti
681. **O juiz e o seu carrasco** – Friedrich Dürrenmatt
682. **Noites brancas** – Dostoiévski
683. **Quadras ao gosto popular** – Fernando Pessoa
684. **Romanceiro da Inconfidência** – Cecília Meireles
685. **Kaos** – Millôr Fernandes
686. **A pele de onagro** – Balzac
687. **As ligações perigosas** – Choderlos de Laclos
688. **Dicionário de matemática** – Luiz Fernandes Cardoso
689. **Os Lusíadas** – Luís Vaz de Camões
690. (11). **Átila** – Éric Deschodt
691. **Um jeito tranqüilo de matar** – Chester Himes
692. **A felicidade conjugal** *seguido de* **O diabo** – Tolstói
693. **Viagem de um naturalista ao redor do mundo** – vol. 1 – Charles Darwin
694. **Viagem de um naturalista ao redor do mundo** – vol. 2 – Charles Darwin
695. **Memórias da casa dos mortos** – Dostoiévski
696. **A Celestina** – Fernando de Rojas
697. **Snoopy (6)** – Charles Schulz
698. **Dez (quase) amores** – Claudia Tajes
699. **Poirot sempre espera** – Agatha Christie
700. **Cecília de bolso** – Cecília Meireles
701. **Apologia de Sócrates** *precedido de* **Êutifron** e *seguido de* **Críton** – Platão
702. **Wood & Stock** – Angeli
703. **Striptiras (3)** – Laerte
704. **Discurso sobre a origem e os fundamentos da desigualdade entre os homens** – Rousseau
705. **Os duelistas** – Joseph Conrad
706. **Dilbert (2)** – Scott Adams
707. **Viver e escrever (vol.1)** – Edla van Steen
708. **Viver e escrever (vol.2)** – Edla van Steen
709. **Viver e escrever (vol.3)** – Edla van Steen
710. **A teia da aranha** – Agatha Christie
711. **O banquete** – Platão
712. **Os belos e malditos** – F. Scott Fitzgerald
713. **Líbelo contra a arte moderna** – Salvador Dalí
714. **Akropolis** – Valerio Massimo Manfredi
715. **Devoradores de mortos** – Michael Crichton
716. **Sob o sol da Toscana** – Frances Mayes
717. **Batom na cueca** – Nani
718. **Vida Dura** – Claudia Tajes

GRÁFICA EDITORA
Pallotti
IMAGEM DE QUALIDADE

Santa Maria - RS - Fone/Fax: (55) 3220.4500
www.pallotti.com.br